胃知的乡愁

一个人的故乡，千万人心中不眠的美味。

李丹崖 ◎ 著

合肥工业大学出版社

时令美食总关情 | 李丹崖

　　春季多雨，雨多成涝，考验着城市的排水，也考验着人的耐力。人窝在家里终于耐不住寂寞，想到外面走走，外面又下着雨，出门也要找个借口吧。偏巧在这个时候，电话来了，是蒋峰兄，阴天下雨没事干，我们去打打牙祭吧。这倒是个好借口。

　　一个人，走出家门，美食是最好的借口。一个时令，留给人的记忆，最多的也是美食。

　　地羊（狗肉）火锅，凉拌薄荷，若干啤酒，在这样连绵的雨天里，也不失为打发时光的好事物。窗外细雨霏霏，餐馆卡座里人声嘈嘈切切。以吃食打发时光，畅叙友情，看来不是我一人的嗜好。

春有花叶夏有蔬，秋有瓜果冬有荪，只要你我有闲暇，时时都可大快朵颐。

自然界给我们备足了食材，历代先人和仙人为我们提供了完备的烹饪方法：蒸、煮、熬、酿、煎、炸、焙、炒、爔、炙、鲜、脯、腊、烧、冻、烀、酱、煨……老祖宗们也真够智慧，烹调方法应有尽有，或许是被缺吃少穿的时代吓怕了，才会如此变着法子讨好自己。挺着大肚腩的欧美人哪里晓得这些，他们一降生就被牛排面包喂养得像气吹的一样，吃喝不愁，想的多是口腹以外的欲望。

当然了，并不是说国人就只会吃吃喝喝，他们懂得在吃吃喝喝里找到人生菩提。

一部《周礼注疏·天官冢宰》，考究地列出了厨子们的分工：膳夫、庖人、外饔、亨人、甸师、兽人、渔人、腊人、食医、疾医、疡医、酒正、酒人、凌人、笾人、醢人、盐人。这样的分工很有序，起码解决了许多人的就业。

你或许会说，这是在宫廷与皇家。那么，在乡野呢？

幽深的山涧里，打得一条鱼，撅断一根树枝，生起火，扒出内脏，插起来烤食，即便没有佐料，也能吃出

2

别样的香。那些冒着雨露采摘鸡枞的山民，只为品尝一丝丝菌类的鲜美。深秋的平原里，扒出来的一两根红薯，就着干枯的草叶烤熟，有一股野地的香。还有夏天的树林里，攀沿而上的山药蛋，摘下来，用指甲刮掉皮，放在嘴里，一种黏黏的醇美在舌尖鼓噪。即便是到了寂静的冬日，也能从树枝上找一些螳螂子来烧食。此类民间的美味，像雨点一样洒满了每一段奇异的时光。

生活中没有哪段时光是空白的，岁月是什锦拼盘，我们总能从转动的餐桌上找到自己喜欢的一款吃食。"仓廪实而知礼节"，就连礼节的形成，也是建立在美食的基础上，好比女人的身材和走姿，是建立在鞋跟上的。

荤和素列开阵势，坐迎四季、二十四节气和每一个昼夜，日与月轮番揭幕。于是，我们在生命的餐桌上一次次快慰了口腹，人间的烟火气息也日渐诱人。

2015 年 5 月 18 日

目录

辑三　秋

辑一 春

腊味炒春风

榆木先生画
丙申年新春

腊味炒春风

腊尾春头，做个乡下人是富足的。或土、或砖、或石的屋檐下，搠满了木橛子，上面挂满了各色腊味。这些腊味可不一定非要在腊月吃，由于浸润了充足的盐，又沥干了水分，特别能放。它们在檐下，安享着岁月的风声和骄阳，绵绵的春雨也侵扰不了它们，偏安一隅，静待春天里的草叶葱绿与花朵斑斓。

待到乡间的油菜花长出了菜薹，腊肉就派上用场了。早晨，把腊肉切成片，打好一盆温温的活泉水，把腊肉泡在里面。挎个篮子出门去，野外，春阳明媚，菜薹成畦地立在田野里，叶茎上，点点鹅黄。把菜薹采一些下来，放在篮子里，在春光里返程。背上，有暖暖的阳光痕迹。

采菜薹回家，腊肉已经泡好。烧开水，把菜薹焯一下。择一些蒜苗，些许花椒，放油少许，看花椒在滚油里汪洋恣肆地扩张着自己的麻辣，这时候，把腊肉和蒜苗放进去翻炒，几分钟后，放入菜薹。素时蔬的鲜与腊肉饱经岁月的香碰撞在一起，就成了乡间三月最诱人的珍馐。

青翠的菜薹在腊肉的"照料"下，楚楚动人；褐色的腊肉在菜薹的映衬下，也返回了"青春"。多么默契的一对黄金搭档，又像是一对恋人，在餐具里，讲着肉麻的情话。

梁实秋先生格外爱吃腊肉，他在《雅舍谈吃腊肉》里这样写道：那一晚在湘潭朋友家中吃腊肉，宾主尽欢，喝干了一瓶"温州酒汗"，那是比汾酒稍淡近似贵州茅台的白酒，此后在各处的餐馆吃炒腊肉，都不能和这一次的相比。而腊鱼之美乃在腊肉之上。一饮一啄，莫非前定。腊肉何其美味，让宾主开怀无忌，喝光了一瓶高度白酒，还有些"恨壶干"的意思。

在皖地，腊味常为猪肉所做。冬日里，到菜市场买下有肥有瘦的猪肉一长条，抹上盐腌制，待到来年"二月二"，拌上面来煎食，犒赏一年的开端（自这一日起，龙抬头，人也开始忙活一年的营生了）。在江苏的妹妹家，腊味就丰盛多了，腌制的鸭子、鱼、老鹅、猪肉等应有尽有，他们多喜放在米饭上蒸食，充分激发腊味的香。四川、湖南等地，食腊味更盛，人们认为腊味上是寄存着乡愁的。当年，毛泽东的警卫员回故乡，带回了腊肉和糍粑给主席吃。主席吃后大悦道："腊肉很好吃，糍粑也好吃，还是家乡的东西好吃一点。"这些腊味，一和故乡沾边，味道的厚度，立马就深入一层。

腊味，之所以这样广受欢迎，不光胜在它的味道上，还在于它的神秘性。从古至今，人们都喜欢吃新鲜的东西，认为食材放久了，就失去了食物的原香。腊味则不然，放得越久，就越能饱览时光的风霜雪雨，就越能激发人吃苦耐劳的品性。吃腊味，原来还有一重人生的滋味在里面。

寒风退避三舍以后，春风如约而至。这时候，把檐下的腊味够下来，厨房里便飘来岁月的香，满院子都盈融了喜气。

我的父亲是个浪漫的人，每次吃腊肉炒菜薹，他都会说，这道菜名叫"腊味炒春风"。

立春之后，来一碗牛筋面

我一开始对牛筋面这种吃食是很抵触的。软软的面粉，被做成了如此有嚼劲的"牛筋"，味道美得不可思议。我甚至还一度怀疑，牛筋面里一定是添加了什么化学物质。后来，得知一位同学家就做牛筋面，我就饶有兴趣地去看了一看，目睹了制作牛筋面的全过程。

原来，制作牛筋面的唯一原料是面粉。面粉和好之后，放在温水中浸泡，然后沥去多余的水分，放进牛筋面机子里，神奇的机器就吱吱啦啦地把牛筋面爆了出来，如制作小时候爱吃的江米棍。制作出来的牛筋面，软软的，上面有很多小孔。询问同学的家长才得知，面粉有了劲道之后，都会出现这样的小孔。这样的面，吃起来有气泡感，绵糯爽脆，这样一番制作，催生了淀粉的香。我同学家在古城的小巷深处，课余时间，他就骑车驮着一捆捆牛筋面，送往各大餐馆。犹记得那时候，同学曾自豪地说，这座城市里的牛筋面全部出自他家。后来，每次再吃牛筋面，格外还多了一层亲切感。

牛筋面有三种吃法。

凉拌。把干牛筋面放在热水里浸泡到柔软，切成段，与黄瓜丝、辣椒油、芝麻酱在一起凉调，上面放上些许荆芥，味道鲜美，颜色也可人。看上去，牛筋面似美妇人，黄瓜丝与荆芥是她的发卡，辣椒油是她化的红妆，真可谓秀色可餐。

也可以炒。与蘑菇、胡萝卜在一起，蘑菇切成条，胡萝卜切成丝。油锅爆香葱花，把蘑菇先下锅，翻炒几下，胡萝卜丝与牛筋面一起下锅翻炒。边炒边放入事先煮好的高汤，直至炒至汤汁噙在面里，若隐若现为妥。这样的牛筋面吃起来酣畅无比，犹如与智者对话，唇齿之间有洞明之气。

下汤也是不错的。做法与做面条无异，可以与番茄在一起，也可以适当放一些牛肉酱。若想让牛筋面的味道更足一些，可以放上鸡肉、羊肉或卤牛肉，卤香四溢，面香扑鼻，浑然天成，一碗吃下来，酣畅淋漓，全身通透，心境豁然洒脱。

　　皖北是小麦的主产区，这里的人也精于面食烹饪。吃牛筋面，在这里有天时、地利、人和的优势。在早春的城市，护城河畔杨柳吐绿，走进街边一家小馆，叫上一碗牛筋面，吃上一碗出门去，满目都是融融春意。

烙一张水饼，包那风月

吃一张水烙饼，薄且透亮，面粉的劲道与甜香扑面而来。在这样一张饼里，用竹筷子夹上一些绿豆芽、青椒土豆丝、鸡蛋蒜，舀上一勺芝麻酱，一卷而就，满嘴响彻。在那初春的街头，空气里充满着苏醒的气息，和我手里的这张饼搅在一起，吃得人味蕾上春暖花开。

亳州水烙饼，也被称为亳州水烙馍，清水和面，无须发酵，且用那小擀面杖擀得"飞薄"（父亲的俚语，意思是薄到振翅欲飞）。锅里的水已沸腾，笼屉上铺着一层纱布，蒸气从纱布的缝隙里冲出来，升腾起一圈水汽。把擀好的烙馍放在纱布上，盖上锅盖，再擀另一张，再放，如是再三，当烙馍在笼屉里积存到 20 张左右时，盖上锅盖，猛火蒸一会儿，就可以出锅了。

出锅的烙馍要一张张揭开。由于擀面的力道把面分成了独立的个体，烙馍之间并不黏腻。水催熟了面粉的香，却不让它们纠缠在一起，独立其个性，透亮其体格，没有哪一种美食可以这样大方得体，这种烙馍被称为"水烙馍"。

我看过有人画水烙馍。竹做的小筐子，里面摆着几张水烙馍，旁边放的是大头菜，粗糙的碗碟；旁边立一老者，吃得津津有味。整幅画古拙优雅，有些知足菜根香的意思，题款却是"风月无边，尽在其中"。

此风月，定然是大风雅，和平常概念的"风月"丝毫不相干。一张水烙馍，用它薄薄的肌肤，包容万千味道在里面，打的是美食的组合拳。也可以说是抱团"忽悠"你的胃口，让你大快朵颐，也让你春风得意。

我见过街边那个做水烙馍的女子挥动擀面杖的情景。擀面杖裹着一团面东突西奔，似打太极，面团越擀越圆，足足有一个青花瓷盘的大小。她拎着水烙馍唰地一下扔进笼屉里，动作麻利，好看至极，像是在表演杂技。

早些年，村子里有些家资的老徐相亲，劈面就问人家，会做水烙馍不？别人若答"会"，他就继续搭话，若是摇头，他扭头就走，丝毫不给对方面子。老徐边走边念叨：连张水烙馍都不会做，要你作甚？

老徐至今单身，家资已被他挥霍殆尽。如今的他，守着三间瓦房度日。值得一提的是，他家的厨房拾掇得十分利落，尤其是擀面杖，长短大小足有五六根，全是他做水烙馍用的。老徐坦言，一个人，一张水饼，过一辈子，两不亏欠。由此可见，老徐把自己的一辈子，都包在一张水饼里。

　　俗世的风声、琳琅的明月，都为食材，全付一张水饼，我宁愿坐在春风里，像老徐一样，且饕餮，且自足。

春 分 竖 蛋

　　"春分"这个词一经键盘敲出来，我立马会想起另一个动作，那就是"竖蛋"。

　　在春分节气，我们通常会早早起来，饶有兴趣地拿了只生鸡蛋，在桌案上，大头朝下，竖在桌面上。有的一次便可成功，有的需要两三次，乃至多次，方可把一只鸡蛋竖立在桌面上，十分有趣。

　　据资料显示："春分这一天，南北半球昼夜平分，呈 66.5 度倾斜的地球地轴与地球绕太阳公转的轨道平面处于一种力的相对平衡状态，同时地球的磁场也相对平衡，因此蛋的站立性最好。"

　　幼时，并不觉得其中有多少科学道理，如果知道这些，也便少了兴趣。长辈们只是告诉我们，能够在春分这天立起鸡蛋的人是十分幸运的，如果吃了竖起来的鸡蛋，一年都会交到好运。

在皖北，春分这天，竖起来的鸡蛋怎么吃，也是有讲究的。

煮白鸡蛋，剥开，品味鸡蛋的原香。白鸡蛋像是古时羽扇纶巾的才子，白净，敞亮，淡然的气息中有一种知性美。如果春分这天，恰逢某人生日，煮一只白鸡蛋，从头滚到脚，据说，可以消除孽障，一年无灾祸。

鸡蛋炒青椒，也是不错的选择。青椒要用朝天椒，取"天天向上"之意，青椒的辣味，蹿入鼻孔，这是一股坚忍不拔的钻劲儿。鸡蛋炒青椒，一青一白，日子也是鲜活的。

更绝的是鸡蛋焖粉皮。春分鸡蛋六只，皖北地产绿豆粉皮两张，用开水烫软了，切上两刀，用葱花爆香，油放足，把粉皮放进去翻炒两下，把鸡蛋铺在粉皮上，翻炒几下，待到鸡蛋黄澄澄的，即可。在故乡，这道菜还有个极其形象的称呼，叫"鸡蛋抱粉皮"。春分的鸡蛋，如母亲一样，把娇嫩的粉皮抱着，如作襁褓状。

春分的鸡蛋最好，春分前后的母鸡在吃喝上不再拘谨，遍野都有草虫可以享用，因此，这时候的鸡蛋，营养价值也高。在春分吃竖蛋，是享用鸡蛋最好的时候。

突然想起幼时，散学归来，母亲为我做的鸡蛋面。

精细的葱丝和鸡蛋一起搅匀，放在油锅里炒至嫩嫩的橙黄色，出锅下面。面是手擀面，鸡蛋是自家豢养的柴鸡蛋，做饭的是爱我至深的母亲。这样一种黄金搭档，才能碰撞出绝佳的美味。

春分竖蛋，春光潋滟，且吃蛋，且拉呱，日子在一枚蛋里诞生出别样的滋味来。

二十年，一道菜

一个人走得远了，总喜欢频频回头。一个人的胃口，阅食无数之后，总爱吃一些"回头菜"。

近些日子，总想起故乡的麦田。春天的乡村，俯拾即绿，三步之内，必有芳草在挠你的瞳孔。挎只提篮往田间走，绿油油的麦田，让人抑制不住有跳上去睡个好觉的冲动。这样的好日子，又挎了篮子，哪里能酣眠呢？

手里握紧三寸小铲，弓着腰，在麦田深处踅摸，不多会儿，就能挖到半篮子面条菜。这种面条菜，叶面极其匀溜，宽度和面条无异，样子倒像是太平猴魁。把面条菜连根挖出来，可不是为了下面条，而是为了做蒸菜。

春三月，蒸菜是菜肴皇后。祖母常常回忆起她做面条菜的情景，从麦田里挖来，在清澈的溪水边洗净，拿回来，再用井水把面条菜洗一遍，让水润润的面条菜在春光里歇一歇。烧上半锅开水，上箅子，铺纱布，给面条菜拌上面，码在纱布上蒸。水沸三滚儿，蒸菜出锅，趁着热乎劲儿，撒上盐巴，拌上麻油，一股青草的香，扑面而来，直击你的味蕾。

祖母说着，似口舌生津，吞咽两下，继续讲那些乡村过往。我在少年时，曾有幸多次吃到祖母做的蒸面条菜。印象中，我每次都是要连吃两碗才肯罢休的，直吃得腆着肚子出门去，一整天，总觉得有万千根面条菜在我的肚皮下开起了大合唱。

前几年，有一家报纸约我以"家常味"为题写一篇文字，我首先想到了面条菜，也猛然想起这种味道与我阔别太久。

初中开始，我就远离乡村在外求学，一年也与面条菜打不了几个照面。大学毕业以后，故乡成了中药材种植基地，麦苗被遍地的中药取代，没有麦苗，面条菜也就失去了"温柔乡"，日渐杳杳。我对面条菜的感觉，只剩下舌尖上的几脉追索，梦回时的几缕垂涎。

近两年，私房菜馆逐渐兴起。一次偶然的机缘，我走进市区一家名叫"路大姐私房菜"的店面。辗转迁回，下楼梯到地下一层，遇见服务员正端着一盘蒸菜，我近乎惊讶地发现，她手里的那盘菜恰是久违多年的面条菜。

一个人，阔别一道菜，淡远一种味道，此去经年，久别重逢，如晤老友，闲不住的是口舌。一道菜是一种性格，这种性格与做菜的厨子有关。同样的食材，不一样的人来做，味道不同，即便是同一个人来做，人的状态有异，味道也有差别。然而，这次吃到的蒸面条菜，原原本本地还原了祖母当年所做菜肴的味道。我估摸着，这与餐馆主人"路大姐"的年龄，跟当年祖母的年龄相仿不无关系吧。

再回首，已匆匆廿年，在我远离面条菜的这些时日，祖母往生，我也由青葱少年转至而立。觥筹交错、菜肴消磨的这些年，我心里一直握着一棵面条菜，没有放下。

麻　叶　子

在皖北过年，各家各户都要炸麻叶子。

麻叶子，顾名思义，离不开芝麻的掺和。

皖北麻叶子与湖北麻叶子不同。湖北麻叶子是一种甜食，用糖与芝麻做成，也就是所谓的芝麻糖。皖北麻叶子的味道是咸的，用面粉和芝麻"缔结"在一起，油炸而成。

和一盆好面，面里随着佐料撒上芝麻，如把星星撒到了天空里。不同的是，黑夜如墨，白面却朗朗日白，芝麻在上面星星点点。

和好了面，要用小擀面杖在案板上擀至"飞薄"，然后用刀划成麻将牌大小的菱形小块，在院子里的阳光下晾晒。待到"日光浴"晒充足了，稍微用力，面片儿就可以捏碎。这时候，放在油锅里炸，看面片儿与芝麻在油锅里窃窃私语，说着聊着，芝麻的香被沸油催发出来，惹人口舌生津。

麻叶子炸至微黄，即可出锅，放凉之后，焦酥可口，尤其适合在春节前后吃。

记忆中，小时候去谁家拜年，他们都会拿出来自家炸制的麻叶子来招待客人。客人都会频频称赞，用"比我家做的还香"之类讨主人开心的话，边吃边聊，一年就这样在麻叶子的味道里浸润度过。

祖母是炸麻叶子的行家里手，她炸麻叶子有自己一套独特的秘诀。用鸡蛋与麻油和面，而非单纯用水，另外，舍得放芝麻。这样炸出来的麻叶子香酥无比，当然，也吃得最快。好吃的，谁不喜欢多抓两把呢？

在肉食尚且紧俏的旧时，面与油的结合，常常能在最大程度上解人馋，譬如麻花、馓子，也譬如这麻叶子。

我幼时，喜欢用热馒头夹着麻叶子吃，七八岁，通常就能吃下两个馒头，都是那一把麻叶子开了胃口。热馒头一掰两半，中间放上一小撮儿麻叶子，合上且吃，热馒头的温软反倒更加衬托出麻叶子的脆香，让人越吃越起劲。

年到头，岁到尾，人们总要想着用吃食来犒劳辛苦了一年的自己。现如今，经济条件一天比一天好，大鱼大肉已成了平时餐桌上可以吃到的寻常食物，但人们对麻叶子这种传统食品的喜爱却有增无减。

蛋糕是西方的产物，插上蜡烛能许愿。但在中国皖北，麻叶子也是可以许愿的美食，麻叶子上面的芝麻，有节节攀高的寓意，每一粒芝麻就代表一个愿望，芝麻越多，承载的希望就越多，所以，皖北人做麻叶子，是从不吝惜芝麻的。

一口咬春是此卷

春卷这个名字真好听，有一种"把春天卷起来"的意思，慵懒、俏皮、书卷香、很小资，做成吃食，也很文艺。

没错，春卷的确很文艺，里面卷的是韭菜这种粗纤维食材，总让人想起亚麻料的衣服，疏朗、悠闲；还会有些许蛋花，在油温的烹炒下，高傲地绽放；也有一些粉丝，细细的，苗条匀称，像极了古代优雅的书生。

据《岁时广记》记载："在春日，食春饼，生菜，号春盘。"这段文字，标注了食春卷的时节。春日里，翠色无边，采一点韭菜的绿，凑一些蛋花的黄，加一些粉丝的褐，还有一些金针菇的白，被一层薄薄的面皮卷起来，在沸油里稍事烹炸，拿出来，香酥可口，仿佛一口气，把整个春天都吞到嘴里。

三月，杨柳依依。我曾在涡河岸边的小店里吃过一盘色香味俱全的春卷。炸春卷的是一对老年伉俪，男的须发皆白，女的也是一头银丝，两个人恬静地经营着一家小店，院子里春光融融，牡丹萌芽，月季幽幽地开着。竹椅上的我们，是一群饕客，一盘春卷端上来，咔嚓咔嚓，不几下，盘子便空了，连吃三盘仍意犹未尽。卖春卷的老大妈发话了，好了好了，就给你们吃这么多，春卷油大，多吃，对身体无益。老大妈说这话，眼波里透着浓浓爱意。印象中，这种眼神，只有母亲才有。

在古时候，春卷可不是这样随便就能吃到，吃春卷的，多数是在富人家庭。想想也很正常，穷人家忙着填饱肚子，哪里想着变着花样吃这些，咸菜馒头足矣。

中国人凡事都喜欢讨个好彩头，对于做春卷，当然也不会例外。清代的《燕京岁时记》里这样说："打春，是日富家多食春饼。妇女等多买萝卜而食之，曰咬春，谓可以却春困也。"也就是说，在立春这一天，富家人都会做上一盘春卷供大家食用，不知道有没有把无边的春色都"卷"到自己家来的寓意。这话不是自私，而是对各自梦想的祈祷和遥祝。

犹记得孩提时，外婆特别会做春卷。外婆做春卷与别人不同，她喜欢放一些豆芽、胡萝卜进去，吃起来特别爽口，也缓解了春卷的腻。每次，我都要吃上七八根，把小肚子都塞得满满的，腆着肚皮对外婆说，看，整个春天都被我吞到肚子里了。少年心事当拿云，在我小小的心境里，有种气吞山河的意思，真是吃下春卷，让我不知天高地厚了。

自古吃食，能有春卷这样大气象的不多，外面是一张薄薄的面皮，妄图把草木葱茏、山河锦绣都"卷"起来，有些"人心不足蛇吞象"的不满足。是呀，对于美食，可不就该不满足吗？要不，人们怎么把爱吃的人称为"吃货"或"饕客"？

炒饼里的母爱

    以合肥为界，在相近且经典的吃食上，南有年糕，北有死面饼子。

    年糕自不必说，全国皆有，朝韩也很风行。然，死面饼子就少之又少了，像极了隐忍且低调的母爱。

    死面饼子的做法极其简单，拿瓢挖面、掺水、和面后，用擀面杖擀至薄豆腐的厚度，用刀哧喇哧喇划成方块状，撒上些许面粉，锅开后，放进去，不时即可食用。

    因为没有经过发酵，死面饼子有一股地道的面粉香，原生态到不能再原生态。做好的死面饼子，可以佐皖北的酱豆来吃，最好浇上辣椒油，非常开胃，这是最省事的吃法。若要麻烦些，花样多一些，就要做炒死面饼子了。

先把饼子切成条状，宽度与指头相宜。饼子切好后，找来两根洋葱、青椒少许，还可以放一些胡萝卜丝，然后，先把这些青菜炒一下，再下饼子，两个来回，放一些番茄酱进去，不多时即可出锅。死面饼在青菜中仿佛起死回生一般，两者相得益彰，把各自的味道融汇到一处，直击你的味蕾。

小时候，我常吃这种炒饼。有时候，还会在饼子里放一些小苏打进去，就有一种别样的香。指望小苏打发面，一定会让你失望，所以，还是死面饼子，味道上却有了厚度，吃起来，小苏打的香甜在口舌之间腾跃翻滚。旧时的乡村，吃食单一，母亲每隔一个星期，都要做一次炒饼，给口腹一些新鲜感。

每位母亲都是发明家，在美食领域里，怀揣着浓浓爱意的她总能做出一些你意想不到的吃食，带给你一些惊喜。记得有一次，母亲制作炒饼时，在死面饼上裹了一层黄澄澄的鸡蛋，并不放青菜，而是放在汤锅里煮，然后勾芡。味道与茄丝粥相近，实在温暖，我连喝两海碗，让人大呼过瘾。

苋菜下来的时候，父亲常常在熬煮的炒饼里放几棵进去，不用放酱油，色彩也很好看。油花与苋菜的汁液搅在一起，盛放在青花瓷碗里的时候，侧看，有一种彩虹的感觉。

　　母亲哪里懂得吃食审美？她只不过是在尽其所能，给每一餐饭制造一些别样的美感。所以，对于这些，一位诗人朋友说："母亲的心地是最柔软的，一块石头放上去，她总要想方设法开出花来。"

　　早年，在顽石一样贫瘠的乡间，食材越是简陋，人的胃口越就好、越难满足，如我一样没有见过世面的孩子，嘴巴里素净得连一块油脂也不多见。为了改善我们的生活，母亲用自己内心的灵机，把一份炒饼做得活色生香，让我们从中吃出母爱的光芒来。

　　炒饼有多好吃，母爱就有多伟大。

吃什么不重要

吃吃喝喝，是国人的一大课题。学业有成，要有谢师宴；生意做成，也摆酒庆贺；红白喜事，更要设宴款待宾朋。饮食，在一定程度上，代表着中国的文化，倒映着经济的发展。然，真正有格调的人，对吃什么并不深究，关键是和谁吃，为什么吃。

周遐寿所著的《鲁迅的故家》中描述，鲁迅是个对吃要求并不讲究的人，一些盐煮笋，一碟茴香豆足矣，却爱喝两杯绍兴老酒，并不贪杯。有故人去，与鲁迅相见，鲁迅都要与之对酌。总之，吃的是心情，不在乎山珍海味。

比鲁迅早一些的，有章太炎先生，他对吃也不甚讲究。尤其是到了晚年，吃喝就更加随意，一两块腐乳、一勺花生酱、一块咸鱼、两只咸蛋，清淡得很，章太炎却吃得很香，因为，这些吃食都是妻子汤国梨亲自购买烹饪。伟大的男人也有其孩子气的一面，章太炎也爱吃点零食，譬如绿豆糕、豆酥糖。有朋友来，都会带一些给他，他必当着朋友的面拆开，吃得津津有味，以示对朋友的尊重。吃喝中有大礼仪，你赞美别人做的吃食，或别人馈赠的吃食，其实，也是对他的一种鼓舞，是两全其美的事情。

中国人喜欢说：来的都是客。客来，提溜着礼物，这是对主家的尊重。你对别人的礼物作很享受状，这也是对客人的认可。

这一点，孔子做得也很好。

《说苑·反质》中有这样一个桥段：鲁地有个生活十分拮据的人，这一日，他用小瓦盆煮了一盆饭，自己尝了尝，觉得很美味，就送了一些给孔子。孔子接过饭，非常虔诚地道谢，像获赠了一头牛、一只羊那样高兴。子路问孔子："他烧饭的器具十分粗糙，煮的饭也没有绝佳的风味，老师您怎么这般高兴？"孔子说："喜欢提意见的人心里装着的是他的国君，吃到美食的人总是第一时间想到自己的父母。我不看重盛食物的器具，而是因为他吃好东西的时候想到了我。"由此观之，吃什么不重要，重要的是你吃饭的时候想到了谁，或者是谁吃到美味的时候想到了你，这就是情谊。

嘴巴真是个奇妙的东西，吃喝靠它，说话靠它。一进一出，体现双重礼仪。说好话，能够彰显一个人的修养，吃喝慎重，同样体现一个人的格调。老舍先生在《老张的哲学》中有句格言："美满的交际立于健全的胃口之上。"这个"健全"的胃口，我理解为两种意思：一是身体健康，胃口好；另一重意思说的就是会吃，懂得吃喝礼仪。

吃吃喝喝，人生几何？常常有人在我们耳边念叨这句话，但是，还有一句话，就是"饭不可乱吃，话不能乱说"。吃人家的嘴软，拿人家的手短，在吃上，自己吃，只要健康，完全不必拘泥于形式；与他人吃，还要讲究在哪儿吃、和谁吃、吃什么。

古人云：君子择福地而居，良禽择佳木而栖。其实，君子还要择良时良人良地而吃，而非良食。你说呢？

借问你家韭菜好

一个周末的清晨，妻收到她一个大学室友的短信：去农贸市场，见有一家卖板床的，遂想起合肥上大学时，一肥胖室友踩床换灯泡，床板咔嚓，整个人陷于床下，好在有衣被相托，人无大碍。

妻读此短信，埋怨室友好无聊。大清早的，搅人好梦。

我赶忙开导妻，这是一件多有趣的事情，这样一则短信，证明你这位室友是恋旧的，恋旧的人都是可交的。难道你喜欢"昨日刚分别，今日街头成陌路"的人吗？

妻神色缓和，笑说，你这么一说，我还是有些人缘的。

其实，在日常生活中，我们总是忽略了有些看似平淡无趣的短信，疏忽了一些偶尔联系的朋友。看似絮叨的问候，甚至一些荒诞不经的问好，其初衷其实都是向好的，只不过，生活庸碌，这些问好与闲情多半被快节奏的生活大风给刮得无影无踪，只待某日翻看短信，才发觉，还有某某人给我发过这样一条信息。

想起古人的手札，他们的处世作风才真叫风雅。

观元朝山水画家倪瓒的短笺《与友人书》，有这样一段絮叨：

日来雷雨大作，想惟动静轻安。昨见樽俎间，韭菜、蒿菜之属，秀色粲然。今日得雨，必是苗芽怒长，更佳也！况蒙许送，久伺不见至，戏作小诗促之。瓒顿首。

按理说，这则手札里也没有什么，浅层次看来，无非是回味前日出游，吃了韭菜与蒿蒿。

如果我们单纯这样看，生活与两人的交情都被肢解得寡淡无趣。

倪瓒难道真是闲得无聊吗？

当然不是，相反，倪瓒是一个有着高雅格调的人。写这则手札给友人，一为对前日友人的热情款待致谢，二为夸赞友人的菜肴真是美味，三为喜雨，若是雨后再食新韭与茼蒿，相比一定更美味。

倪瓒无愧是个温暖而又有情调的人，换句话说，他是一位交际高手。短短的一则手札，蕴含了这么多言外之意，聪明人一看就晓得。烟火人间是正道，又有谁能像倪瓒一样，借问一把韭菜，把友情的针线又密缝了一层甜蜜呢？

粉面的蒸菜

　　春天的皖北，翠色连绵，平原上，高的树，低的草，俯仰生姿，一派绿意。一开春，皖北人的味蕾就开始躁动了，这时候，山珍海味全都要靠边站，油头粉面的蒸菜霸占了整个餐桌。

　　皖北的蒸菜种类繁多。譬如，荠菜、榆钱、楮卜揪……都可以上锅来蒸。做法大致相同，从田里、树上，把上述食材采回来，回到家里，用水洗净，趁着水还没干，赶紧拌上面粉，稍停几分钟，等菜表面的面粉浸湿以后，再拌上一层，如是再三，菜就可以上锅蒸了。

　　当然了，还有一些菜，譬如马蜂菜，需要下锅焯水之后，才能蒸食。这一类菜，多半是叶茎较为挺拔粗壮一些的，不下水，就不能很好地蒸熟，即便蒸熟了，味道上也会略逊一筹。但多半蒸菜都是不需要这一过程的。

没错，蒸菜有诀窍，水要先烧沸，然后把拌了面的菜上笼屉，蒸三五分钟即可出锅，出锅以后，用麻油和盐巴稍事调拌，即可上桌。这时候，菜最可口，营养也不会流失。

蒸菜几乎可以当主食吃。

记忆中，小时候吃蒸菜，哪有用碟子的，全上的是小盆，一人扒上一碗，到一边的树荫下吃开了。蒸菜外面是一层面，面里裹着的是翠绿的菜，一眼看上去，就有一种想吃的冲动。

有一个词叫"油头粉面"，我觉得用它来形容蒸菜最合适不过，外面的粉与油，再加之所处的这个多情的春天，它们看起来，白净，多像京剧里的小生。

外地也有蒸菜，譬如粉蒸肉、蒸咸鸭，但多半是荤菜，都和肉食相关。在皖北，蒸菜清一色全是素菜，有些"肉食者鄙"的意思。不可否认，蒸素菜是比较养生的吃食，吃的也都是应景的时令蔬菜与野菜，与这个世界的发展步调是合辙的，这样吃着，才最有益于身心。

蒸菜夏天也有，丝毫不逊于春天，譬如，木耳菜、茄子、苋菜、荆芥等，都可以蒸食，味道上也别有洞天。可能因为时令的关系，在味道的厚度上更加酣畅，吃起来也就更加过瘾。总之，在皖北，只要不到霜降以后，都是有机会吃到蒸菜的。

你想呀，当满地苍绿入眼的时刻，如果不享用一些下肚，势必会让人觉得有些浪费这个世界的大好光景。事实证明：好的风景是可以吃的，蒸菜帮我们来成全。

阜阳格拉条

去阜阳，在火车站附近的一条小街里，有诸多小店，门面不大，里面看起来环境也不甚清爽，但我还是走进去，坐了下来。店面招牌上的一种美食吸引了我，没错，它就是格拉条。

格拉条的名字早就如雷贯耳，早些年，亳州还属于阜阳管辖的时候，许多人买东西，喜欢到阜阳去，除了买回来一些人时的东西之外，都会在言谈之间炫耀：我吃了阜阳的格拉条。

格拉条到底是什么？长什么样子？

我曾有机会见过一次，那时候，我还在亳州三中上学，后面的建材街，一个阜阳人在此开了一家小店，无数次路过，见门口有一个压制格拉条的机器，白亮的格拉条被机器压出来，粗且圆溜，像极了现在许多人吃的土豆粉。看样子，格拉条要比土豆粉更硬，更有韧劲儿。但，我也仅限于揣测。

这次终于有机会到阜阳，一定要叫上一份。

时间尚早，格拉条还没有做出来，我特意看了餐馆老板如何盘面。他赤着膊，不停地揉着手里的一团面。面的香被这个中年汉子的力道催发出来，有种生猛的香。面和好，放在机器里被挤压出来，这便是格拉条，直接落入沸腾的水锅里，一通煮。然后用大筷子抄出来，放在冷水里，十几秒钟后，捞出来，用辣椒油、芝麻酱、香菜、荆芥、豆芽一调拌，那味道，真叫一个爽劲！

这一天，恰是个初春日，乍暖还寒，我吃得满头大汗，抹一把嘴角，唇齿之间尚有格拉条的余味。

此后多年，我与格拉条阔别。原因是很少到阜阳去。大学毕业以后，我回亳州工作，在文帝街再次邂逅了格拉条，也是个阜阳人开的店，里面还有一些小卤菜，味道不错。我中午下班后，去吃过几次，美味至极，很经得起饥饿考验。

我喜欢去小餐馆吃饭，大酒店千店一面，哪里有特色。我认为，一个地方的风物、美味，都藏在小街巷的小店里。那里咕嘟嘟煮着的一锅海带千张、卤鸡蛋、小酥肉，让每一个从此经过的路人闻香下马，踱步进店，点上一碗格拉条，两份小菜，喝上二两小酒，听听当地人的谈天。市声喧嚣，你是安逸的，也是安谧的；你是异乡人，也是此地风物的搜集者。

涡阳干扣面

提及涡阳，最具名片式的元素，除了道教鼻祖老子，就要数干扣面了。

滚滚的涡河水在这里蜿蜒流过，在皖北的腹地上，这里的水柔媚，做出来的面自然也颇具质感。干扣面就诞生在这片土地上，裹挟了皖北的风花雪月，浸润了皖北人的性格，让人想到了力道的美学。

干扣面是一种极硬的面。盘面的过程较长，要揉搓进万千力道进去，这样的面硬实且有韧劲儿，压制出来的面条几近半干，在手腕上缠绕三圈不折。

干扣面的配菜十分有讲究。要用皖北大地上生长的黄豆生成的黄豆芽，焯水后，把豆芽盛放在碗里。豆芽汤是上好的汤，可以供食客们吃面后饮用，有原汤化原食的功效。

吃干扣面，离不开大蒜。干扣面极具口感，大蒜有开胃的功效，吃起来，让一碗面也不觉得寂寞。据坊间人相传，皖北大地上盛产的大蒜，还有滋阴壮阳、防病抗癌的功效，所以，皖北人常常给人的印象是，每餐必食大蒜。

还有一种主要配菜，就是地羊，也就是狗肉。在下故意这样说，主要是怕动物保护协会说我残忍。但皖北素有吃狗肉的传统，自东汉曹操始，就有食狗肉的习俗，曹操曾亲自为三军将士烹饪狗肉，能吃到曹操所烹狗肉的，可不是一般的将士。狗肉用手撕过，调匀，铺在干扣面的上面，也有滋补的功效。

我一直认为，吃食是能够反映当地文化的。这样一碗干扣面，干，滤去了其中的水分，代表了皖北人刚毅的性格；扣，代表了皖北人干事雷厉风行、爽利干脆的作风；面，看似柔，实则刚，寓意皖北人守柔弱刚的智慧。食面的皖北人，做事的风格像这面，有头有尾，长长久久；做人的原则也像这面，清清白白，匀称如一。

一碗面，知乡愁。行走在外的涡阳人，每提故乡，首先映入脑海的就是干扣面。吃食在人的情感底片上留下了深深的印记，一触及，就立时被人念叨。念念不忘一碗面，不光是因为这碗面的美味，更多层面上，是美食身上所负载的文化风俗，这是人心灵深处永远无法"格式化"的程序和密码。

俗世如烹，我们每个人都是情感的厨子。有些美食，我们亲自烹饪，红尘这道餐桌上的珍馐；有时候，才动刀勺，美食就已经在我们心灵的几案上散发着诱人的香味。在很大程度上，我们情感的灶台是永远不熄火的。

吃面，不说了，啧啧，面都凉了……

茶树菇也有乡愁

　　我一直固执地认为，世间所有的菌菇，都是一朵花。

　　菌菇多隐忍呀，长在潮湿的环境里，甚至是深山老林，无人问津，寂寞独自生长。有些菌菇的生命极短，三两天就化作一摊泥，来也匆匆，去也匆匆。所以，这辈子，每个能吃得上菌菇的人，都不应该在生活中叹气，那么好的机遇都被你的"食欲"给逮到了，你还愁什么？

　　去皖南徽州，在山间的小道上，有村妇在兜售茶树菇。摊点旁，放着一只炉子，上面冒着丝丝白气，那里面炖煮的正是茶树菇。看我们停下来，她赶忙拿出小勺，用一次性餐具给我们盛上三两根，捎带一些汤汁，让我们品尝。

茶树菇入唇，顿时就被一股香阵给击倒。我的味蕾在这种美食面前，丝毫没有免疫力，缴械投降。那菇真爽脆，那汤真幽香，好似经年的美味，自天上来，我们每个人都在品尝造物主的恩典。

村妇用手一指不远处那片山峦说，这些茶树菇全都产自那里。我顺着她手指的方向看过去，那片山，雾霭笼罩在半山腰，山上生长着密林。我仿佛看到茶树菇们，在密林里幽幽地安享着自己的静谧光阴。

我是相信风水一说的，食物也与风水相关。在这样的好风水里生长的茶树菇，定然也是错不了的。赶忙买上两斤，198 元，价格倒是适中，没有买亏。况且，在超市里买，未必有这样的野菇味道好。

收拾好茶树菇，放进身后的背包，正欲前行。卖茶树菇的村妇叫住了我，先生，慢一些，我这里还有一小瓶山泉水，你一定要带上。

闻之，我一愣。村妇旋即看出了我的犹疑，赶忙解释说，您不要误会，先生，这山泉水是免费送给您的。什么水煮什么茶，煮我们这里的茶树菇，就要配我们这里的山泉水才好，否则，茶树菇不服你们那里的水土，味道煮出来不喜庆。

"不喜庆"！我还真是第一次听说，味道还有喜庆不喜庆的。难道茶树菇也有乡愁?

　　既然是免费的,瓶子也不大,我决定收着回家试试。回到家里,抱着试探的心情,我用两个灶火煮起了茶树菇,一锅放了一些村妇给我的山泉水,一锅放的是一些自来水。奇怪的是,放了山泉水的茶树菇很快熟了,没放山泉水的茶树菇足足要晚了半个小时才熟。两份茶树菇放了一样的佐料,放在嘴里一尝,放了山泉水的味道爽劲,另一个则味如嚼蜡。

　　我信了村妇的说法,茶树菇果真也有乡愁。万物有灵,一根小小的茶树菇也有自己的水土,何况在一个地方生长了几年、十几年、一辈子的人呢?

　　什么水煮什么茶,什么吃食就服它自己脚下的水土。人,只不过是有思想的花朵罢了,因此,他们对自己脚下的那方水土依赖得更加厉害……

蔬菜过唇齿之声

一扎蔬菜该有多勇敢，才可以蹚过唇齿这条河流？

一扎蔬菜该有多无私，才会心甘情愿，自投罗网。

我非矫情，蔬菜亦是生命。我非体恤众生，同样是在时光里的不同个体，奈何非要一个荼毒，一个轻生？

朋友是个吃货，且有一个近乎残忍的审美观，她认为世间最美妙的声响，就是"蔬菜过唇齿之声"。

酷嚓酷嚓，这声音很美妙吗？我倒是没有觉得。可是，朋友坚持她的意见。她说，一个把一夹子蔬菜嚼得津津有味的人，是在安享生活的人。正所谓"知足菜根香"，不奢求珍馐佳肴，时蔬足矣。不时，不食，时令蔬菜，是犒赏唇齿与口腹的绝佳食材。

这样来看，朋友所言，还是有些道理的。胡介在《与康小范》中这样写道："笋茶奉敬，素交淡泊。所能与有道共者，草木之味耳。"

是的，草木之味，才是人生真味。人生到头来，何所求？无非是一粥一饭，一书一简。吃就吃得健康，顺应自然法则，不吃大棚蔬菜；玩就要玩得开心，抛开一切俗务，在积极健康的情趣里放纵自己，陶冶心灵。

有位禅师在解答弟子"什么是道"时，这样说，饥来食，渴则饮，困则眠。

我有时候也想过差不多的一种愿景：有一些闲钱，在乡下寻一块土地，开辟一块菜园，种自己爱吃的不爱吃的蔬菜，爱吃的自己吃，不爱吃的留下观赏；到皖南乡间淘一些野茶，它们最得天地机巧，在瓦屋前吃；累了就歇息，困了就小憩，一觉睡到自然醒，窗外是啁啾的鸟鸣。

可是，若实现这些，需要我经过怎样的努力，又需要我放下多少诱惑，趟过多少重世俗的河流呀！

喜时蔬，因为时蔬之味贵在真切，每一寸肌理中都寄寓着天地之间的灵气。阳光晒过，雨露沐过，凄风吹过，该经历的都经历了，这才是最丰富的光阴。以它们来果腹，你的胃口与心灵都将是富足的。

2013 年，在青岛，我应邀参加一家出版社的笔会。作家安武林先生第二天早晨才到，安静地坐在餐厅一角吃着自助餐。我记得是一碟香菇青菜，半碟花生米，他吃得津津有味，那样一份安宁的情怀，似在享受天地盛宴。这个场景，至今印刻在我的脑海里。

也喜吃茶，一杯茶，洗净后，如同抛却了俗务。静心吃茶，也像是在淘洗心灵。是的，"淘洗"这个词多好，可不就是"讨喜"嘛！水融合了茶的香，水最懂茶，所以，茶才愿意倾情托付。明代张源的《茶录·品泉》："茶者水之神，水者茶之体。非真水莫显其神，非精茶曷窥其体。流动者愈于安静，负阴者胜于向阳，真源无味，真水无香。"

清静的一盏好茶，素净的一碟时蔬，我们在篷窗瓦屋也好，在楼堂馆所也罢，静静地去吃，去品咂，茶香在唇齿之间萦绕，时蔬在唇齿之间吟唱。这样来看，我那位吃货朋友的言论还真是那么回事！

汤即主食的皖北

　　南方人喝汤，要么是餐前的开口汤，用来开胃，给肚子打底，要么是餐后汤，用来滋润助消化。皖北人喝汤，尤其是在小吃店，都是把汤来当主食吃的。

　　元末，皖北。一个凤阳男人又饥又寒，奄奄一息之际，被一位乡间婆婆用一碗菠菜豆腐汤救活。醒来后的男人问婆婆，刚才喂我吃的是什么，怎么这般美味？老婆婆说，珍珠翡翠白玉汤。男人大喜，信誓旦旦一定要重重报答这位婆婆。这个皖北男人就是后来的明朝开国皇帝朱元璋。

　　也许是因为机缘，也许是因为生活习惯，皖北人就此形成了一个习惯坚持下来，把汤当成主食。

　　淮南有牛肉汤，粉丝加小葱，用饼子配汤来吃，一年四季都可以吃，春吃意融，夏吃通透，秋吃解乏，冬吃御寒。可以说，淮南人一直是被两种食物哺育成长的，一是豆腐，二是牛肉汤。

近来，在皖北街头，新兴了一种小吃，叫"淮南老母鸡汤"，看店名，即让人食欲大兴，感觉整个淮南都泡在汤汤水水里了。卖老母鸡汤的店主在店门前支起一口大锅，锅里，鸡汤滚沸，锅上，横着一块木板，木板上，躺卧着几只已然煮得焦黄的母鸡，样子十分诱人，用来招徕顾客。老母鸡汤是上好的滋补食品，喝老母鸡汤，再佐以皖北特有的葱油饼，满口的葱香加鸡汤香，很"得味"。

亳州西关的羊肉汤自不必说，有羊肉在里面，加之粉丝与白菜，美味实惠，即便不配任何面食来吃，也能吃饱。严寒的冬日，在亳州街头，踱步进入一家羊肉汤馆，叫上一碗，让羊肉的暖，热汤的润，丝丝缕缕犒劳自己的身体。忙活了三季，到了冬天，人也该歇歇了。

皖北人的汤，通常需求十分单一，进到餐馆，就点一碗汤。譬如，我上学时特别爱吃的是番茄鸡蛋汤。散学后，进入餐馆，老板问，吃什么，只答上一句：鸡蛋汤。老板就心领神会。一会儿，番茄驮着一层蛋花，黄灿灿地绽放在碗口里，很诱人。那时候，我通常是配上五角钱的馒头（两个）来吃的，能把肚子吃得饱腾腾的，安心进入下半天的课业。

曹雪芹说，女人是水做的骨肉，男人是泥做的。不管是水，还是泥，终归都离不开水。水之于吃食，汤即是最好的表现。皖北，大平原一望无垠，气候相对干燥一些，完全不像皖南的小桥流水那样滋润，于是，一碗汤，就成了滋润皖北人脾胃的主宰。

难怪有学者说，一碗汤，知皖北。

闲下来，吃点咸的

美食家兼诗人二毛开了一家餐饮公司，名曰：天下盐。这个名字大气磅礴，宛若连绵的白色，湿润的咸意直灌你的喉管，让你躲闪不得。

天下食客，皆不离盐巴。人不食盐，首先是无力气，其次是易生病。

犹记得一个场景：电影《闪闪的红星》中，潘冬子用竹筒装盐，遇见敌人，化水，洒在衣服上，机灵过关，成功抵达后，在热锅里煮盐……白花花的盐巴咊楞闪现，比十万两雪花银还要讨喜。

一部红楼，曹雪芹把宅院深深写得如此鸿篇巨制，也可以说是以盐巴打底的。曹雪芹的祖父曹寅曾任两淮巡盐御察使，康熙皇帝六下江南，都在曹家府邸设置行宫，一方面证明其为皇帝亲信，另一方面也证明他家底殷实，吃喝无忧。说得毫不夸张点，《红楼梦》的诞生，与"盐"也有很大关系。

一部中国的饮食文化，用这样四个字即可概括：南甜北咸。甜可以给人以快乐，咸可以给人以力气。因此，南方多温婉细腻的文人，北方多豪气干云的侠客。

徽菜的一个特色即"味重"，这其中，也少不了盐的功劳。味重，所以排山倒海。这与历史原因不无关系。历史上，宋朝以后，南北相较，北方经济稍落后于南方，因此，每有吃食，北方人都要花心思在味道上下功夫，不亏了眼前一份菜。渐渐的，就成了习惯。

父亲是位中医，对于吃盐，他是有讲究的，精确到克，说多食无益，易患高血压、上呼吸道感染，乃至胃癌。凡事，皆要讲究个度，切忌过多，多则滥，滥则害。

但，吃还是要吃的。

在故乡皖北，有这样一句俚语："喝咸汤，有荷塘，不羡仙。"这是古往今来，本地人对男孩子的终极期望，意思无非是：有咸饭，有闲田，有事业。

"咸"与"闲"谐音，"咸"又有兼得的意思，何其曼妙的一个字。不过，我们仔细琢磨，一个人，平生的追求，也不过：闲下来，吃点咸的。

咸马糊，淡马糊

我曾不止一次向人推荐故乡亳州的小吃，其中，马糊就是其中一例。

马糊分两种，一曰咸，一曰淡。因此，在亳州吃早餐，真可谓"咸淡两由之"。

清晨吃淡，清爽肠胃。

做马糊的人通常要凌晨两三点钟起床，把晚上事先泡好的黄豆舀上一勺子，放到石磨上碾磨。石磨在旧时候是用驴拉的，驴被蒙着眼，唯能闻其香，且不知自己劳作为何物。石磨转动，泡胖的黄豆在石磨的碾压下，滚滚流出浆汁。收集这些浆汁，在锅灶内煮沸，再放入一些淀粉，略微加工一下，马糊就做成了。这多少有些"闻鸡磨糊"的意思。

做好的马糊，浓稠似酸奶，稍微一放，上面就会结上一层奶皮状物，吃起来，特别能感知豆香。

尽管"马糊"与"马虎"读音相近，但皖北人在对待饮食上，却一点都不马虎。淡马糊做好之后，还不算完事。为了给马糊增益一些口感，做马糊的人会事先煮一些盐水黄豆，或是把大头菜、腌胡萝卜切成丁，撒在马糊上面。吸溜马糊入口，咸菜丁与黄豆也跟着在唇齿之间发挥作用，奇香无比。

皖北大地，地广人稠。这里是粮食的主产区，吃马糊，自是具有天时、地利、人和的优势。在这里生活的人，每年金秋把丰收的大豆囤积下来，在接下来的日子里变着花样犒劳自己，做豆腐、豆皮、豆浆……甚至是淡马糊喝烦了，他们会想着法子捣鼓另一种美食：咸马糊。

咸马糊的磨制过程与淡马糊相同，不同的是配料。事先切成丝的豆皮、炸花生米用石杵捣碎，海带也切成丝，放一些黑芝麻。佐料则放上打成粉的八角、桂皮、花椒、胡椒等，在一起熬煮。三碗熬成两碗，两碗熬成一碗，直至马糊足够黏稠，即可出锅，碗里再点缀三两滴地产麻油，一股浓稠的香阵便扑鼻而来。

有美食家把美食形容为"碗里江山"。其实，这个词用来形容咸马糊最合适，包容食材之多，味道之厚，一碗在握，果腹悦心，实为一碗江山在握，千军万马入梦来。

在皖北喝马糊，很少有进店面的。多为路边小摊，尤其是在老街深处，马糊挑子摆好，迎着晨曦且吃，一碗淡马糊养出一天的好脾胃；黄昏时分，卖马糊的小旗子一招展，食客们就蜂拥而来了，就着落日吃下，感知到的是富足与安稳。美食入口，街景养心，且吃去，任他人潮汹涌，我且握着一碗马糊，静享流年如糊。

小茴香煎鱼

小茴香，是调料界的小清新。

这种身高宛若孩童的植物，生在春日的乡间，叶子细碎如文竹，通体绿色，开黄色小花，如一蓬伞，看上去，又像是一个"五四"时期的文艺女青年。

南朝梁时，陶弘景在乡间邂逅一种植物，这种植物可以避掉肉的臭味，有还原鲜美之功效。当肉香味出逃，臭味来袭时，用一把这样的香草，可将失去的香味重新找回来，故曰"回"香。因是草本，后来就取名为茴香。

小茴香是名贵的中草药，宋代药理学家苏颂说，北人呼为茴香，声相近为怀香。这种怀揣着香氛的嫩叶小茴香，也可以入菜，能避腥膻之气，吃起来味道鲜美无比。

在故乡亳州，人们多喜用小茴香来煎鱼，味道之鲜，无可比拟。

做法如下：在农历四五月份，取下小茴香的嫩叶，切碎，杀鱼切成鱼片，把小茴香的碎末与鸡蛋、细盐、五香粉等在一起调匀，拌在鱼块上，上锅煎炸。两分钟许，小茴香的鲜香就被热油逼出来，裹挟着面香和鱼鲜，让人垂涎。

在皖北，小茴香煎鱼是一种地道的农家菜。许多农家乐餐馆都有这道菜，也是被誉为土得掉渣皖北菜的代表作。

鱼块外面裹挟的面被煎得金黄，像是一块块小盾牌，小茴香的青绿点点可见，好似盾牌上的图腾。餐桌上也是一场拉锯战，比的是谁更能撩人胃口，谁更受大家欢迎。而小茴香煎鱼，无疑是最早打响战役、最早赢得先机的良品菜肴。

在皖北，几乎每一位祖母或外婆都会做小茴香煎鱼。以至于多年以后，同学聚会，谈起儿时最经典印象最深刻的一道美味，大家会不约而同地把票投给小茴香煎鱼。鱼代表了肉中的鲜，小茴香领衔了植物的鲜，鲜味加倍，怎能不让饕客们陶醉？

皖北有句俚语是这样的：可以不要外婆买花衣裳，

不可以不吃小茴香。

　　这句俚语来自遥远的旧时光，从俚语的递进意义上来看，那时候，有一件花衣裳本是愉悦之事。可此等愉悦，与啖茴相比，又弱化了不少。

　　小茴香，这三个字多怀旧呀！小，是小时候的光阴；茴，是回味、回忆；香，寓意美好难忘的味道，也谐音"乡"。

　　是呀，也许每一个旅居他乡的皖北人，想起故乡，也会想起旧时的美味，想起让人无法停下筷子的小茴香。

雨水那夜蒸"大雁"

　　别误会，我可不是焚琴煮鹤之流。我说的是皖北的习俗。

　　在皖北故乡，雨水适逢正月十五前后。这段时间，有一个习俗，就是出了嫁的闺女要回娘家，手里必拿的是蒸好的"大雁"。说是大雁，其实是面食，大雁肚子里装的是肉馅儿，外面是发面，被捏成了大雁的形状，大雁的羽毛，用剪刀剪出来，大雁的眼睛是两粒红豆。总之，都是皖北大地上可以见到的作物，这是纯正的皖北味道。

　　中国有句俗语叫"嫁出去的闺女泼出去的水"。当然，这话说得有些消极，单从"送大雁"这条来说，这句俗语便不攻自破。旧时的农村，哪里有什么好东西可以吃，吃顿饺子就像过年，而"大雁"呢，就是大个头的饺子，外面是大张"饺子皮"，又兼有饺子皮没有的花样，里面是大馅儿。在很多地方，也把此食称为"雁屋"。远远地看上去，像一座小房子，可见女儿对母亲的孝心深重而有气势。

这样的"大雁"，老人哪里吃得完呢？最终还是要分给一家人吃，吃得其乐融融，欢乐如雁阵，飞满亲情的天空。

古时，有送大雁提亲一说，寓意对婚姻的忠贞不贰。大雁是最忠贞的动物，一方离散，另一方将终身不娶不嫁，品节如此高尚，在动物中可谓不多。在故乡，送大雁，寓意雁归来，嫁出去的闺女，常回家看看父母，大雁振翅之地，寓意吉祥，送父母大雁，寓意送去吉祥和平安，孝心可见一斑。

我曾见母亲给外婆做"大雁"时的情景，净手和面，静心调馅儿，虔诚包制，小剪如雨，剪开雁羽，新买的木梳，印出大雁的绒毛，雁尾上扬，蓄势待飞。整个过程，母亲都凝结了孝心在里面。做大雁时，母亲像一位匠人，也像是一位艺术家，她所制作的这件艺术品，不是别的，正是无尽的孝心。

窗外，雨声琳琅。今夜，雁在锅灶里吐着香，明日须晴好，母亲携着雁屋回到外婆的身边，娘俩一起拉家常。

春风起兮吃荠菜

　　三月的皖北，田野如绸。风行在乡野，有女孩忙趁东风放纸鸢，累了，在春风里俯下身，摘下一朵荠菜花，粘在耳垂处，一边扮娇媚，一边感慨：瞧，这么好的野蔬转瞬就老了……

　　是的，春风一吹，就要朝田里跑了。鲜嫩的荠菜在湿润的土壤里伸展拳脚，且绿它的叶子，且张它的臂膀。握一把小铲子，随便挖那么半个时辰，就足够一天享用了。

　　荠菜生乡野，自古就是农家菜。明人陈继儒在《十亩之郊》里这样描述："十亩之郊，菜叶荠花，抱瓮灌之，乐哉农家。"陈继儒真有先见之明，这么多年前就给当今的农家乐餐厅排好了菜谱，美哉乐哉，非荠菜莫属。

三春荠菜饶有味。可以在春水里洗净，上笼屉来蒸食；亦可剁碎了，与些许馓子拌在一起来包饺子。皖北有谚："荠荠菜包扁食（素馅儿饺子），老娘分我两碗吃。"意思是，荠菜饺子如此美味，非两碗不可罢休。

　　也可以与肉馅一起包饺子。早些年在合肥上学时，可没少吃学校门口的那家荠菜饺子。那是一对年过五旬的老夫妻，一个擀面皮，一个包饺子，餐车上是一锅热汤，每每掀开锅盖，都有扑面而来的荠菜香。这种香味是属于春月的，也属于当年我的年龄段。

　　"荠味甘，人取其叶作菹及羹亦佳。"这是《尔雅》对于荠菜的记载。菹是腌制的酸菜，羹自然就是汤类了。旧时，人们把荠菜捣碎了，与淀粉一起，做成荠菜羹，很受老人与孩子们的喜欢，这种汤羹又名"百岁羹"。鲁迅先生也爱吃这种汤羹，实因其三十几岁牙齿就掉得差不多了，然喝汤，一直是他的最爱。

　　荠菜生乡间。在封建社会，乡间在一定程度上寓意寂苦。而荠菜无疑在漆黑夜幕上的"点点繁星"，其味道是带着甜味的，也有些许清香，难怪《诗经·邶风·谷风》有这样的句子："谁谓荼苦，其甘如荠。"

　　穿越千百年的历史时光，荠菜在中华大地丰厚的土壤上甘美如昔，丰盛了一代又一代国人的餐桌。春风一季又一季地吹拂着，绿了山野，人在春风里，辞旧迎新，荠菜也在春风里，一茬又一茬地吐露芬芳。多年以来，在故乡，荠菜一直是野生的。温棚里长出的荠菜总缺少了些许"甘味"，被一层厚厚的塑料纸蒙着，缺少了春风的浸染，味道上也没有厚度。所以，现如今，尽管菜市场里一年四季都可以买到荠菜，但还是春天的最应景，最合乎口味。

春天来时，我面朝曹操公园，打开一扇窗，铺开宣纸，临摹曹子建的《籍田赋》，写着"营畴万亩，厥田上上。奇柳夹路，名果被园。司农实掌，是谓公田……"这些句子，突然冒出来这样一句："好甘者植乎荠。"想象力瞬间被曹植带到千百年前，也许在乡野，曹植挎只篮子，在皖北平原的大地上，且弯腰，对一棵荠菜吐露"暧昧"。

大酱蘸菜

有些菜属于"母亲菜",譬如,那些精致的菜肴,费工费时,做出来也散发着母爱的味道。然而也有一些菜,简单大方,机智美味,做法上十分简单,我们把这些菜称为"父亲菜"。

"母亲菜"数不胜数,"父亲菜"却不多见,"大酱蘸菜"就属于其中一种。

大酱蘸菜,这道菜听起来很霸气,有千军万马奔腾之势头,端上来,却显得小家碧玉。

大酱,即甜酱。古人以"甜"为大,足以证明对甜美生活的向往。

菜,即青菜。小香葱、生菜、黄瓜,偶尔也有朝天椒,这些小清新的青菜,都是可以直接生吃的,爽口得很,让你看了就口舌生津。

除却大酱与青菜，外面还穿着一件"豆腐衣"。豆腐是皖北地区土法做出的薄豆腐皮，比千张稍微厚一些的那种。

大酱蘸菜，几乎不需要做。用流水冲掉青菜上的尘埃和残叶，保留其最鲜嫩的部分，把菜分门别类装在小筐子里，小香葱一根根捋好，倒上一碟甜酱。甜酱好比君王，青菜是臣子，大酱蘸菜好不好吃，全看甜酱的"脸色"。

世间菜肴千万种，唯有大酱蘸菜最接近食物的原香。无须烹饪，无须佐料，无须人为加工，简单的食材，吃出别样的味道。这与西餐中的蔬菜沙拉有着异曲同工之妙，与之相比，大酱蘸菜更简单，甚至都不需要刀切，伸手去拿，卷好豆腐皮，蘸酱即食，好不快活！

犹记得当年，我和妹妹年龄尚小，母亲每每回娘家，若季节适宜，父亲都要给我们做这道大酱蘸菜。然后，我们边吃边听父亲讲故事。

父亲说，大酱蘸菜的发明者是一位吝啬的小财主。财主精于算计，觉得自己府上的长工们吃东西花销太厉害，很心疼。为了从长工嘴里抠银子，他安排厨子，无须开火，只用生菜招待长工们，厨子就发明了大酱蘸菜。孰料，大酱蘸菜一上桌，长工们吃得胃口大开，仅仅是馒头就比原来足足超了一倍还多。小财主的如意算盘打错了，但是，从美食的诞生上来说，倒是裨益天下食客的好事。

　　大酱蘸菜，在有些地方，也被称为"小葱蘸大酱"，这种菜理应属于农家菜的范畴。从地里归来的农人们，疲乏得不想动弹，索性不开火了。端上一盘馒头，两三小筐子蔬菜，自家制作的甜酱舀出来一勺子，一家人围着桌子边蘸边吃，在酷嚓酷嚓的声响中，在甜美的咀嚼里，日子活色生香。

回 笼 菜

那些年月，每每提起来，母亲的心里总是发酸。她常常念叨说，若是那时候吃得好一些，也许你们的个头应该更高一些。

母亲所指的"那时候"，也正是我们的小时候。那时候，我的第三个妹妹还没出生。日子的清苦，让原本就多子女的家庭锅灶上很少有"荤星"。为了改善伙食条件，母亲隔三岔五都要去城里的亲戚家走一趟。

城里的亲戚交际颇多，常常在酒店办一些酒席待客。母亲自然不是去随礼的，而是待到酒席散后，去餐桌上收一些动筷子不多的饭菜，只选择肉食，折到塑料袋子里。母亲把这些收集回来的肉食，也不分类，直接放到锅里，使劲儿煮，一滚儿接着一滚儿。

是的，母亲是个爱干净的人。她生怕我们因吃了这些饭菜而被传染上什么病毒，却又只能通过这个途径为我们改善伙食。所以，这一通沸腾的烹煮，也给母亲一些心理安慰。

母亲收回来的饭菜，有猪脸肉、牛肉、羊肉，但多半是一些五花肉，也有一些牛舌头、猪舌头，热好了饭菜，我们就围着锅台吃，由于多是些肉食，很能下馒头。

我至今记得一家人围着锅台吃这些饭菜的情景，母亲不停地念叨着：这些城里人真是浪费，这么好的菜，竟然说不吃就不吃，就这样落下了……

其实，这时候，母亲何其矛盾！若是他们把所有的饭菜吃得干干净净，我们又何从"拾人牙慧"？

母亲把这种吃法的菜叫作"回笼菜"。这是母亲的创意，在古往今来的菜肴中，属于独树一帜的母亲菜。吃这种菜，最宜冬日，菜肴不易变质，围着锅台吃，也其乐融融。到了夏天，就要小心了，但出于无奈，母亲仍会隔三岔五去一趟城里的亲戚家，只不过减少了频次。

回首往事，已经二十余年光阴飞逝。如今的我，尽管家境依然不富裕，但也属于城市中产阶级，满足吃穿肯定没问题，却依然喜欢吃剩菜，像母亲那样一锅子乱煮。

我之所以还这样吃，只为温故知新、忆苦思甜。

辑二　夏

父亲说，买药回来，走在路上，遇见一位妇人，在路边兜售荸荠。好大的雪。父亲就用身上剩余的所有钱换来这些荸荠。

榆木先生画
丙申年春

地 下 雪 梨

　　小时候，我有一个最大的愿望，现在说来还觉得可笑：顿顿都有荸荠吃。

　　没办法，那时候，我总觉得荸荠是天底下最地道的美味。最早吃它，是在一个大雪天。印象中，做乡村医生的父亲从城里进药回来，推着自行车，后座上夹着半袋子荸荠。到了屋里，父亲顾不上拍打身上的雪，就叫来母亲，拆开袋子，一股甜香扑面而来。

　　父亲说，买药回来，走在路上，遇见一位妇人，在路边兜售荸荠。好大的雪，父亲就用身上剩余的所有钱换来这些荸荠。

　　那天晚上，我们煮了荸荠稀饭。第二天一早，母亲煮了荸荠，后来，好像还用荸荠炒了菜，乃至蒸了米饭。更多的吃法我已经不记得了，只记得我们吃了近一周的荸荠。奇怪的是，我竟然没有吃厌，反倒爱上了这种甜香的吃食。

后来再吃荸荠，是在故乡的村宴上，红白喜事，都会有荸荠做的羹汤，通常会和银耳、红枣在一起，挂上一些淀粉做芡，这道甜羹很讨孩子们的喜欢，亲切地呼唤它为"甜糊涂"（故乡人喊稀饭为"糊涂"，不知何故），真是"难得糊涂"。

我见过那些被做成罐头的荸荠，装在铁盒子里，上面封上铝箔，名曰"清水马蹄"。这个名字真正好，清水如露，马蹄哒哒，符合这种美食吃起来的感觉，清爽无比，甜香可口。

荸荠不仅仅被当成甜食来吃，也有做成咸食的，也很美味，譬如"铁狮子头"里就少不了荸荠。

把荸荠切成丁，与肉馅儿、糯米、淀粉和在一起，做成铁狮子头（也作"四喜丸子"或"欢喜团"），在油锅里烹炸，肉香四溢。荸荠是用来解腻的，可以提鲜，吃起来，也咯吱咯吱，喜感十足，颇增趣味。这道菜也是故乡村宴上必不可少的美味，铁狮子头之大，通常是要用筷子夹开来吃的，一上筷子，狮子头成了四瓣，就露出了荸荠的尊容，尽管被粉碎了躯体，依然亮白如初，不失风骨。

荸荠是雅食，鲁迅兄弟都爱吃，在《黄金时代》里，我们可以看到萧红在鲁迅家，许广平在剥荸荠，鲁迅格外爱吃这种美食，在时令时吃，错过了时令，他还曾让许广平把事先风干的荸荠拿出来煮食。周作人也爱吃荸荠，曾专门写有两篇随笔《甘蔗荸荠》《关于荸荠》，这两篇，皆是晚年所写，文笔老道，风骨毕现，文章中念念不忘荸荠的好，喜爱溢于言表。

荸荠又被称为"地下雪梨"，这个名字有一种未染尘烟之感。荸荠清纯，可解酒毒，这又好比童言无忌，可感世人。忘了是谁的比喻了，说，手握两只荸荠，犹如摩挲着小姑娘的发髻，那才真叫一个"俏皮"呀！

苦 瓜 记

有一句话好有诱惑力：吃苦瓜苦一会儿，不吃苦瓜苦一辈子。

也正因为这句话，我开始吃苦瓜，且是不焯水吃。清水洗净，直接凉拌，麻油放足，碎盐少许。苦瓜切成片，翡绿翡绿的，睡在白瓷盘里，白盘更白，苦瓜更绿。

有个词叫"苦瓜脸"，不知道苦瓜招谁惹谁了，干吗非要用苦瓜来形容不好的事物。苦瓜这东西，通身是宝，能清凉解毒，明目清肝，还能补充多种维生素。

苦瓜这么好的东西，奈何许多人不愿意接近，只因味极苦，在"苦乐年华"里浸泡了太久的世人，多半是向喜而生的，生活的千般苦恼，就够难挨，何不吃些甜食呢？

苦瓜之苦，和黄连之苦是两码事。苦瓜的苦，是美食的苦，黄连的苦是良药之苦。去江南，我还吃过一种名叫"一叶参"的茶，被拧成麻花状，仅仅放在杯子里半截，喝上一整天仍奇苦难耐。导游小姐告诉我们，吃这种茶，要不停地吧嗒嘴，这样才能知晓其后味之甘。我试过多次，嘴唇都吧嗒肿了，也丝毫没有苦尽甘来的意思。

吃苦瓜，完全不用吧嗒嘴，就能在其后味里觉察其甜味。苦瓜的苦，苦得清爽，能败火。世间大凡苦的食物都能败火吧，譬如苦菊、苦瓜。苦瓜之苦，对于身体和心灵都是大有裨益的，苦瓜能降血糖，以苦消甜。常闻老人讲"卧薪尝胆"的典故，这有一种警醒或镇静的意思，莫忘昨日悲辛，莫丢前路任重。

盛夏，常见爱美的女子把苦瓜切成片，敷在面部，做成苦瓜面膜。我总觉得她们是糟蹋了苦瓜，这么好的东西，用来涂面，转瞬丢弃，太可惜了。我倒是赞成许多人把苦瓜榨成汁，直接饮用，这还算对得起苦瓜。

苦瓜生来不易，守着内心一份清凉，清心寡欲地生长。面对番茄、黄瓜之流如此讨人喜欢，苦瓜丝毫不被其扰，默默生长，一腔苦水浸泡了自己的躯体，真是应了那句话——"优秀的人或物，都是被委屈撑大的"。

苦瓜是种好食材，还在于它与其他食材具有极强的亲和力。譬如，苦瓜还可以用来煎蛋，把苦瓜切成薄片，与面粉、鸡蛋在一起调拌匀称，在平锅里煎，得其鲜香，食之令人心旷神怡，如夏日饮冰之感。

苦瓜之苦，是一种清正的苦，不妖，不邪性，不氤氲，直来直往，就是苦了，你能奈它何？味道走直线，酣畅淋漓，不遮不掩，就是来得这么直接。

诗人也斯有一首诗作叫《带一枚苦瓜旅行》：

关于一枚苦瓜/如何在夜晚辗转反侧，思念它离开的同类/它的呼吸喘急，可是怀念瓜棚下/那熟悉的位置、外人或觉琐碎的感情？……/总有那么多不如意的事情/人间总有它的缺憾/

也斯所言的苦瓜之苦，多少有些无力回天的意思，是借由一根苦瓜让我们看开，既然是旅行嘛，何必不多一些快意恩仇？与也斯相比，我倒是喜欢鲁迅先生对苦瓜的态度，他喜欢把苦瓜与辣椒在一起爆炒，让人世间的苦与辣来得更猛烈些吧！

猫耳拨鱼

北京市珠市口西大街 241 号，也就是虎坊桥路口东北角，是纪昀故居阅微草堂的所在地。这里的前厅，在民国时期被改为餐馆，老舍先生常常喜欢到这家餐馆去吃饭。到了餐馆，老舍先生最常点的一道菜是"猫耳拨鱼"。

"猫耳拨鱼"是个什么吃食？说白了，就是揪面筋片。吃东西也要寻一处好去处，格调要雅，气氛要融洽，这样吃起来才舒心。老舍先生吃过这里的"猫耳拨鱼"后，诗兴大发，挥毫写下这样一首诗："驼峰熊掌岂堪夸，猫耳拨鱼实且华。四座风香春几许，庭前十丈紫藤花。"吃美食，赏美景，美美与共，心旷神怡。

面筋诞生在以面食为主的北方，这里宽广的土地，长时间的阳光雨露，造就了小麦丰厚的淀粉，以这样的小麦粉来洗面筋，量大且美味。小时候，我曾见母亲洗面筋，用压水井里抽出来的深井水，一口瓦盆和面，然后兑水，不停地揉搓手中的面，水呈乳白色，手中的面团在不停歇揉搓下，颜色变深，有小孔，面筋就洗出来了。

洗面筋的水并不浪费，可以用来煮咸稀饭，面筋可以作为辅料，与海带丝、油炸花生、青菜丝、胡椒粉等在一起熬煮，浓浓的一锅粥，渐渐黏稠。在熬煮中，面筋愈加发挥出它劲道的优势来，吃起来异常劲道，唇齿之间偶尔还会吱吱作响，如踏雪之声。面筋爽滑清香，是最好吃的拉丝蛋白，吃起来，似舌尖上的芭蕾。

面筋可以用来做粥，也可以清炒。切成片儿，与木耳、花椒在一起清炒，面粉的香与菌类的鲜被充分催发出来，直逼人心。做卤味，也是不错的选择。把面筋做成面鱼状，油炸之后，配上高汤做成的卤汁在一起煮，在味道上，更是青出于蓝，面中有酣畅的肉味，又少了几许肉的油腻，广受食客们的欢迎。

皖北地区是面粉的主产地，喜欢吃面筋的人也很多。旧时，洗面筋在乡村是一道风景，白白的面团在水里洗了个澡，醒了个神，摇身一变，就成了面筋。和软软的面粉相比，面筋沥干了多余的水分，在柔韧度与力道上更胜一筹，因此，它被誉为"见过世面的面"，或是"修炼得道的面"，在营养上，面筋又有"植物燕窝"之说。这样一个皇冠一戴，真有些"旧时王谢堂前'燕'，飞入寻常百姓家"的意思！

在我所在的城市，有老乡开了一家面粉加工厂，其中，有一项产品即是干面筋，名曰"植物拉丝蛋白"。干面筋更加易于保存，想吃时用温水泡一下即可，很省心省事。前阶段，老乡约我为干面筋写了个广告词，出于对面筋的热爱，我欣然应允——

　　小时候，每吃一次面筋，感觉都像过年。
　　江淮平原上的小麦磨粉，黎明时分的井水洗面。
　　妈妈说，好面不怕洗，好事要多磨；
　　面越洗越劲道，人越磨越坚强。
　　母亲说话，总是这样津津有味，
　　像极了她洗的面筋

我有时候想，津津有味这个词，或许应该写作"筋筋"有味才对。没办法，太偏爱面筋了。

酿青椒

辣乃百味之首，肉是百食之王。

辣椒与肉撞在了一起，两"虎"相争，必有一伤，伤的是谁？食客们的腰包。如此"温柔一刀"，要味道好，食客们才会心甘情愿地慷慨解囊。

明眼人都知道，我这说的是酿青椒。

任何一种吃食，可以吃得讲究，也可以吃得将就。酿青椒，讲究点吃，要在日出之时，采带露珠的青椒回来，最好是灯笼椒，牛角椒也可，在蒂上横切，挖去其籽，静待肉馅。肉馅可以选取肥瘦适中的猪肉，在砧板上剁碎，淋上料酒，拌上鸡蛋清，撒上些许佐料。这时候，需要注意的是，肉馅不可太稀，否则，辣椒不容易嗿住它。

辣椒和肉馅全部备齐，接下来，就是把肉馅装进青椒内。油热时，把装好的青椒下锅烹炸，边炸边帮青椒翻身，待到青椒微微泛黄时，捞出来，控油，即可享用。若是灯笼椒，自不用切开，若是稍长一些的牛角椒，则要从中间拦腰切断，便于食用。

切断的酿青椒，油从青椒里流出来，一股清香溢满鼻孔，此食本应天上有的大美。用酿青椒来下饭，很过瘾。青椒的辣，肉馅的香，混杂在一处，成就一条美味长龙，直灌你的口腹，弄得你整个人也好似一枚酿青椒，人身为青椒，美味是肉馅。在吃与被吃之间，人与美味实现了交融。

酿青椒是一道地道徽菜，在皖地，许多私房菜馆都有。酿青椒的食材很普通，但它是一道功夫菜。只有在味道上狠下功夫，才能笼络人心。

众人皆知王敦煌先生是著名的美食家，不知其父王世襄先生也爱做菜，每有闲暇，他都会亲自到菜市场，买来食材，且亲自下手去做。有一次，王世襄请朋友吃饭，酒过三巡，老先生拿出来一个饭盒，里面装的正是他自己做的酿青椒。他给在座的客人每人夹了一个，说"试试我的吧"！众人品尝了王先生的酿青椒，皆言美味。老先生也真有趣，见大家都说好吃，忙让服务员把大厨请来，让大厨也来尝尝自己的手艺。看来，有时候，评价一个人的厨艺好，比评价一个人的手艺好，还要讨人欢心。

酿，是一个好词。其中，饱含心迹在里面。酿就意味着功夫，就意味着不厌其烦，就意味着是发烧友，就意味着虔诚。因此，一个肯为你做酿青椒的人，抛却功利性的买卖，这人要么是你的至亲，要么与你的关系非同一般。

牛　肉　馍

在皖北亳州，谁家早餐盘里没有几朵"黄云"呢？

每到清晨，全城都飘着同一种香味，那就是牛肉馍的香。因为双面被煎成黄澄澄的颜色，看上去，牛肉馍像是应景出现的一轮太阳。只不过，它是落在百姓人家餐桌上的太阳。

不管是黄云，还是太阳，都在印证着"此食只应天上有"，贵乎稀有，弥足珍贵。

亳州位居全国"四大药都"之首，这里的人多以面食为主，以劲道的面为"衣"，以成千上万种中药材为佐料，以地道的黄牛肉为馅儿，再佐以粉丝，包容在一起，完成的是一个美食的道场。

牛肉馍的面，要用香油和，和出来的感觉绵软黏，包裹起馅儿来，丝毫不外露，如老鸡护雏。牛肉馍馅儿里的牛肉，不能单纯以精细的牛肉来做，还要用一多半牛骨上剔下来的牛丁来入料，紧挨着牛骨的肉，最香最劲道，吃起来，才不会一副疲沓样。牛肉馍里的粉丝，要用地产的红薯粉。一方水土养一方人，也在涵养一方美食。有个词叫"原汤化原食"，其实，做美食，也讲究气场上的统一，黄牛肉、黄土地上的面粉和粉丝、地产佐料，统合在一起，这才能吃出地道的亳州味道。

调好的馅儿，被包裹在一团面里，擀平成圆盘状，在炭火上坐上平锅，倒入调和油，油热时，把牛肉馍放上去，用文火煏烤，一般七分熟时，反过来煏另一面。半小时左右，才能做好一锅。用大刀在砧板上咔嚓咔嚓地沿着"圆心"切开，你要一块，他要一块，三下五除二，一锅牛肉馍就被抢个精光。

牛肉馍外皮酥脆，内里飘香，负载着皖北地区劳动人民的勤劳美德。它以脂香、脆爽的口感进入大众视野。吃牛肉馍，特别能"抗饿"，通常清晨七八点吃上一块，即便正午时分不吃饭，也不会感觉到饿。这是旧时亳州人的智慧，他们把更多的时间用到辛勤劳作上，只争朝夕地耕耘在黄土地上，用一季的丰收来投入到更多的美食中去。

亳州是曹魏故里，也是道源圣地，每年来这里旅游的人络绎不绝。每到亳州，他们都要在清晨走到明清老街深处，去吃上一块地道的牛肉馍，然后，攒足了劲儿，把亳州的景点挨着看个遍。

吃牛肉面，要配亳州地道的咸马糊，还有亳州地产的大蒜。咸马糊与大蒜都可以消积解腻，增益牛肉馍的口感。在这里，有这样一句俚语"天上日头，地上牛肉，做成馍馍，吃出奔头"。在人们看来，吃牛肉馍，就是享受手边的光阴，能吃出好彩头，也能吃出好奔头。美食中蕴含着美好的愿景，我想，这也是牛肉馍所能传递的另一种心香。

馓子是油锅里盛开的花朵

祖母说，馓子是油锅里的花朵。

祖母一辈子围着锅台转，没有上过半天学，却能说出这样的话，我相信，是锅台给她的灵感。

我曾见过祖母做馓子的情景。麻油和面，里面放上些许黑芝麻，祖母说，黑芝麻是馓子的眼睛，没有它，馓子做得再好看，也没有神。面和好后，用擀面杖把面擀至长长的一段，中间用刀划开，成面条粗细，两端紧密地连接在一起，约莫五厘米左右，为一个馓子，拎起来，两端捏在一起，或是成对角线状捏合，馓子就做好了。

这时候，把馓子放在七成热的油锅里，翻两个身，停顿两分钟，待馓子成金黄色，即可出锅。捞出来的馓子放在竹筐里，控油冷凉，焦酥可口。在旧时的农村，每到过年才有机会吃到馓子，这可是待客的最高礼节。

在皖北，常常听老年人这样说："麻叶小馓子，婆婆给我好脸子"，意思是，年轻媳妇若是会做麻叶和小馓子，婆婆会对媳妇笑靥如花。一种美食，改善了婆媳关系，这是美食的贡献。

馓子也分大小，以上所说的是小馓子。大馓子和小馓子形状不同，在馓子的线条上，两者粗细相差无几，大馓子无须提面来捏，而是搓一长细条缠成环状，放在油锅里炸制，炸出来还是环状，这点，对和面与炸制的手艺要求都很高。旧时是纯手工制作，如今，已然有机器帮忙，线条上匀称了许多，味道上也气息均匀了，只是少了一些朴素的美感，越发有工业化的味道了。

在皖北吃馓子，数蒙城最为著名。我曾有缘吃过一次蒙城馓子，黄如金镯子，酥比麻花子，香如焦丸子。吃馓子，是一件雅事，远远要比啃排骨雅得多。馓子拿起来，一根根嚼在嘴里，面粉在油脂的催化下，纹理细腻绵滑，些许的黑芝麻，冷不丁地给你制造着惊喜。馓子，在味蕾上给你罩上了一顶美食的"伞"，让你私享着美食带给你的愉悦。

犹记得当年祖母在厨房里做馓子的光阴。土屋，黄昏，淡淡的灯火，祖母用毛巾系着头，一头银发也似那徽丝。一枚枚徽子像是一只只刚刚从蛋壳里拨出来的嘤嘤鸡仔，油锅就是它们的池塘，徽子自在鸣唱，徽子唱得欢，光阴更清静。不多时，酷嚓酷嚓的咀嚼声，震彻了整个乡村的夜空。

项上温柔

在故乡亳州，槽头肉是少有人问津的。

什么是槽头肉？顾名思义，即猪仔在食槽里吃食的时候，与槽接触最多的部分，也就是项下三寸的猪脖子，因杀猪时多喜欢从这里开刀，故而容易留下血污，样子看上去很不雅观，打乱了"色香味俱全"中的"色"字，所以，槽头肉是上不了台面的。

其实，在古时候，槽头肉却并非如此受冷遇，而是御膳名菜之一，只有皇帝才有资格吃到。《晋书·谢混传》记："元帝始镇建业，公私窘罄。每得一豚，以为珍膳，项上一脔尤美，辄以荐帝。群下未尝敢食，于是呼为（禁脔）。"皇帝一吃，臣民皆不敢再吃，所以，才称之为"禁脔"。入得了皇宫，上得了御膳，那哪是一般的美味！

而在故乡，槽头肉是为人厌弃的，美味成了无味。故乡人称槽头肉为"血脖子"，难以清理，有血污，去毛也费劲，更难做，所以，很少有人问津。于是，卖肉者也多把血脖子割掉，随处丢弃。

　　父亲却知道槽头肉是好菜，每次赶集，总要从猪肉架上买下来一些，回来红烧，或者做粉蒸肉，都是难得的美味。红烧，老抽、甜酱能遮盖血迹；粉蒸，米粉也能遮盖血迹，这样就解决了"色"的问题。遮盖了不雅的颜色，吃起来，自然也就没有顾虑了。

　　槽头肉吃起来有嚼头，劲道，瓷实。懂行的人都知道，一头猪从生到死，动得最多的恐怕除了腿脚，也就是脖子了，越运动越美味，所以，槽头肉是肉中上品。

　　天下食客分三等，一等者，为美食家，不厌其烦，不辞辛苦；二等食客，巧取豪夺，不择手段；三等食客，撞见就吃，没有拉倒。所以，吃槽头肉者，当属一等食客。

　　我在武昌的一家餐馆曾有幸吃过一次槽头肉，实为撞见。见菜单上有，就点了一份。分量很小，味道上却很足。一份粉蒸槽头肉，我整整吃掉三碗白米饭。老板看着也很惊奇，问我，是槽头肉太腻了吗？我答，不是不是，是太好吃，舍不得仅用一碗米饭就把它消耗掉。

那次武汉之行，许多人问我，吃鸭脖和热干面了吗？我说没有，印象最深的却是槽头肉。众人窃笑，说我白去了一遭武汉。我倒不这么看，一个人，去一个地方，遇见一种美味，实为上天眷顾。天底下有那么多地方，有那么多美味，偏偏是它果你口腹，怡你神情，这吃的还哪里是美食，缘分，缘分。

前几日，陪一帮文友到郊区的农家乐小聚。在菜单上，看到一个名叫"项上温柔"的菜，价值不菲。出于好奇，点了一份，上来方知是槽头肉，有种如遇故友的熟稔，遂想起小时候父亲捡漏回来所烹之美味。

此生有味不事禅

祖母已经离我远去三载有余，时念及祖母，耳边常常回荡起当年情景。

在我们家，餐桌上一直是静悄悄的，祖母不允许我们吃饭的时候说话。

祖母说："吃是在享受上苍的恩典。在我们接纳这份恩典的时候，不要胡言乱语。"

现在想想，祖母的话不仅诗意，而且存在着诸多科学道理，专心致志地进食，不仅有利于消化，而且有助于培养一个人的毅力和心智。

我还能记得祖母的另一句话，那就是："一个对待一碗淡饭忘我到狼吞虎咽的人，永远要比一个没日没夜琢磨别人心思的人要好得多！我们这些平头老百姓，只需要琢磨手中的一碗饭就好了，哪有时间去算计别人？"

是的，祖母是在告诫我们，吃好生活这碗饭不易，吃好做人这碗饭更难。然而，一个一门心思经营身边美味的人，就没有多余的心思去计划别的繁芜与争逐。这是食物带给我们的心灵保护伞，也是食物的摒弃和救赎。

吃吃喝喝中，藏着人生菩提，等待我们去发掘各种的玄机。有这样一则佛禅故事——

季夏，仰山禅师去拜见老师沩山。沩山问他："一整个夏天都不见你来拜见老师，你都在山下忙活什么呀？"

仰山回答说："我在山下置了一块田，闲暇时种一些萝卜给自己吃，吃不完的，可以接济口渴的路人。"

沩山笑了说："看来，这个夏天你没有虚度。"

仰山好奇地问沩山："老师这个夏天都在干什么？"

沩山再次爽朗地笑了答："我也没忙啥，白天饿了就吃饭，夜里困了就睡觉。"

仰山若有所悟，继而说："恭喜您，这一个夏天，您也一样没有虚度呢。"

禅房里，笑声阵阵，禅房外，晚稻一片金黄，起伏如海。

师徒两人看似说吃喝拉撒，其实也是在论禅。谁能说禅非要在高深的佛经里，饥渴餐眠一样是在参禅。一般人只拘泥于参禅的形式，从而忘记了人生无处不禅机。而仰山与沩山，两人把禅融合在日常琐细里，却有着一种异乎寻常的味道和境界。

我喜欢这样一句话：此生有味，不事佛禅。

请不要偏执地理解其中的意思，并不是说，人这一辈子，只需要吃吃喝喝就行了，不要有信仰；而是说，我们若能在人生的每一餐里都能吃得津津有味，而不五味杂陈，那么，这一生，即便不必参禅悟道，也已臻生命的胜景了。

低头切菜，抬头收衣

那年在合肥，刚刚毕业，在一家晚报社实习。朝九晚五，早餐是一通对付，鸡蛋饼、豆浆，坐 15 路公交，春夏秋冬的等待，亲情冷暖的拥挤，可是，这样的日子却自得其乐。乐的是晚上拖着疲惫的身躯回到住处，去最近的菜市场，买自己最爱吃的青菜，回去好好犒劳自己。

做厨子的舅舅说，一个人，无论到了什么时候，只要还拎得动菜刀，能给自己做一顿好饭，就差不到哪里去。我信他。

这种信，我把它付诸菜市场里，挑选最实惠的白菜、萝卜，弄上一尼龙袋，买上一捆粉丝（皖北人称它为"细粉"），整个冬天都无忧了。萝卜煨细粉、白菜煨细粉，当然，有时候是萝卜白菜煨细粉，我把这道菜称为"桃园三结义"。事先用开水烫好细粉，锅内放油、葱姜，然后放上烫好的细粉，扑腾扑腾地煮上半天，待到细粉半熟，把切好的白菜萝卜放进去，再放一些猪油进去烹炒，那味道，真是穿肠难忘。

老实说，那段日子，我过得并不怎么开心，工作的迷茫，前途的黯淡，收入的屈指可数，我心里阴郁极了，可是，每每吃上这样一顿"桃园三结义"，心里似乎又有了底气，把随身听放到最大音量，几近破锣腔，把穿了一天的脏衣服放在盆里洗，洗好拿到阳台去晾晒，然后，收回晾晒了一天的衣服和被褥，极具阳光味道，又是一夜好梦。第二天一早，我再次出现在北风萧瑟的公交站台。

那段时光，正是李安导演被炒得沸沸扬扬的时刻，这样伟大的导演，也曾在家里做了八年的"煮夫"，在最低潮的岁月，做着奉献家庭的事，如今回过头来被人提及，非但不憋屈，反倒很光荣。低头切菜，抬头收衣，这似乎都是女人的活，然而，这世界上，除了生孩子，活儿还哪分什么男女？都是一样的活儿，只不过人的"活法"不同罢了。

在合肥的那段日子，我看了许多卡尔维诺的书。这位一生命途多舛的作家，在曲折的人生路途里，总用童话般的笔触描摹人生，入木三分，每一个情节里都充满了乐观，充满了对迷茫前途的刺破和窥探。在他的自传里，有这样一段他写自己生活的话：

对我来讲，理想的住处是个外来客能够安心自在地住下的地方。所以我在巴黎找到了我的妻子，建立了家庭，还养大了一个女儿。我的妻子也是个外来客，当我们三个在一起，我们讲三种不同的语言。一切都会变，可安放在我们体内的语言不会，它的独立和持久超过了母亲的子宫。

卡尔维诺把自己的家事总结为一个词：体内语言。在他看来，他与命运讳莫如深，他不需要人同情，也不需要人羡慕，他就这样一直低低地生活着。

生活有时候就是要靠自己，没有人可以帮我们，但我们永远都不是孤立的，当平淡或贫瘠成了我们生活的"明线"，总会有个人、有本书、有道菜，自然形成生活的"暗线"，他（它）悠悠地散发着奇异的香氛，引领我们"出走"并"走出"。

刁蛮的炒面椒

　　在皖北，用来形容牙尖嘴利的女人，曰"口"。"口"这个词太形象，一度让我想起食盆大口，还有张开的剪刀，还有故乡农村幽深见不到底的老井。今天再次提及这个词，全不因这些，全因一个"辣"字，女人刁蛮，自然会多一些"辣味"，女人的"口"与辣，像极了皖北的一道菜：炒面椒。

　　炒面椒是皖北特有的一道菜。在面食为主的皖北，似乎餐餐总少不了面，即便是做起菜来，也不能缺少面的掺和，真可谓"无面不欢"。

　　炒面椒的做法十分简单，青辣椒洗净，横切成段段儿，去其籽粒（辣椒瓤），然后撒少许食盐腌制几分钟，待到辣椒被腌出了水，撒上些许佐料粉，调匀，撒面粉，搅拌至每一段辣椒上都敷上一层厚厚的面粉，约莫两毫米左右。这时候，烧锅热油，油冒青烟时，把裹好了面的青椒放在油锅里煎炒，直至外层的面成了黄澄澄的样子，即可出锅。这时候再看，面粉橙黄，辣椒青嫩，咬一口在嘴里，面粉的糯，青椒的辣，直刺你的味蕾，那叫一个畅快呀！

炒面椒是一道家常菜，随着农家乐的兴起，逐渐登堂入室，被扶成了"正室"，潇洒地上了餐桌，这一端不当紧，食客们都爱不能罢。如今，只要你来皖北，尤其是亳州，都能吃得上这道菜。

现在想想，家常这个词也造得妙呀——家里的菜才能吃成经常。文友来亳，我都会叫上一份炒面椒，上来，他们均不知何物，还以为是什么俏菜，吃在嘴里，直到被浓郁的辣香唤醒了记忆，才知道原来是辣椒。

炒面椒的辣，不像赤裸裸地吃辣椒那样让人难以接受，面成了辣椒的"糖衣"，或者说是在一定程度上缓解了辣味，让更多的人吃得不亦乐乎。

中国有句古话叫："能吃辣，能当家。"吃辣，俨然成了一个男人在家里是否大权在握的衡量标准。若是在亳州，一个男人被问及自己在家庭中的地位，就会腰杆倍儿直地走进餐馆，叫上一盘炒面椒，一口气吃完，用筷子头敲敲盘心，作意犹未尽状，喊道："老板，再来一份!"

念 念 茶 食

正所谓："茶可入馔，制为食品。"茶与食，一直是分不开的，像是一对孪生兄弟，也似一对恋人，难怪古人把喝茶都说成是"吃茶"。今人的餐桌上，也有一种名叫"绿茶饼"的食物，据说是茶粉的提取物，与淀粉和白砂糖在一起塑形，炸制做成的一种甜食，在北方的餐桌上十分流行。

茶食，顾名思义，就是喝茶时吃的食品，与茶做的食物是两个概念。

喝茶还要吃东西？是的，无论古今，概莫能外，一直是这样做的。早些年，我还年幼时，在皖北乡间，就见过村子里一位姓林的老人，吃着一种不知名的绿茶，手里摩挲的是一把炒花生。在我看来，他总与满身酒糟气的其他男人，有着气质上的不同。

茶食南北都有，却有着分别，南方人偏清淡。譬如，杭州人在喝龙井时，配上一碟杏水晶虾仁，吃得不亦乐乎。苏州人在吃茶的时候，喜欢吃一些水果或小点心；听着评弹，在亭台楼榭里，享受一种古韵的美。到了长江北岸的安庆，吃茶多佐黄梅戏，茶食多为瓜子、杨梅之类，也有一些绿豆糕，真是茶香戏雅食醇。

汪曾祺应该属于南方人了，祖籍江苏高邮的他，后在昆明生活多年。他在《寻常茶话》里这样说："我的家乡有'喝早茶'的习惯，或者叫作'上茶馆'。上茶馆其实是吃点心、包子、蒸饺、烧麦、千层糕……茶自然是要喝的。在点心未端来之前，先上一碗干丝。我们那里原先没有煮干丝，只有烫干丝。干丝在一个敞口的碗里堆成塔状，临吃，堂倌把装在一个茶杯里的作料——酱油、醋、麻油浇入。喝热茶、吃干丝，一绝！"

干丝应该还是属于清淡的，此类茶食清淡，像极了南方的小桥流水以及当地人的性格，与之相比，北方人的茶食则偏浓酽，吃得格外注重感觉。

譬如，在我的故乡亳州，几乎没有什么正经的茶馆，吃茶多在澡堂里。这时候，人们赤裸相见，能配什么茶食呢？新鲜的水萝卜，用刀切成拇指大小的芽儿，掰着吃，边吃边喝，很是畅快；也有吃面藕的，在莲藕孔里，灌上糯米，放上白糖和蜂蜜熬煮而成，切上一段，佐茶也甚佳。这时候吃茶，不甚讲究了，吃的是种优哉游哉的感觉，也就是所谓的"走心"。

周作人则在《北京的茶食》里这样"走心"地讲述："我们于日用必需的东西以外，必须还有一点无用的游戏与享乐，生活才觉得有意思。我们看夕阳，看秋河，看花，听雨，闻香，喝不求解渴的酒，吃不求饱的点心，都是生活上必要的——虽然是无用的装点，而且是愈精炼愈好。可怜现在的中国生活，却极端地干燥粗鄙，别的不说，我在北京彷徨了十年，终未吃到好点心。"

茶的终极目的哪是解渴，至少也得是解闷、慰心。茶食与茶，当然是心思一脉，处在一个共同的磁场里，两者是相互成全的关系。茶是线性的，辅以食，就是立体的，再加上吃茶人的心灵契合，气氛融洽，局面那就更是大不同了。

念念茶食。

雅洁一盏茶

茶是个好东西，闲的时候可以扮雅，忙的时候可以解渴。

人在闲暇的时候，一杯茶在握，立马就有了抓挠，胃里充实，心里也就踏实了，身体真是个奇妙的东西；人在忙的时候，一杯茶灌下去，人立刻就变了样，像久渴之树浇了水，枝叶立马伸展了。

喝茶，是中国人的一种独特交际方式。梁实秋先生说："凡是有中国人的地方就有茶。人无贵贱，谁都有分，上焉者细啜名种，下焉者牛饮茶汤，甚至路边埂畔还有人奉茶。"遥想蒲松龄当年写《聊斋志异》的时候，也在路边雇了个茶摊，专门煮一些茶汤予人，喝茶者分文不取，但要讲一个故事给他听。这个传说，一下子把茶推到了一个崭新的高度，它丝毫不与功利相浸染，换来的也是动人心扉的故事。所以，与其说《聊斋志异》里的狐仙鬼魅是从蒲松龄的笔下流淌出来的，倒不如说是从茶汤里跳出来的。

在故乡皖北，有许多人是"无茶不欢"的，即便是乡野农夫，也要在玻璃罐子里泡上点茶叶末。俗话说："茶汤不变色，好日子往后撤"，谁能光喝白水呢？印象中，祖父是个终生不断茶的人，年轻的时候，他终年在"天府之国"做生意，茶自然是不缺的。到了年纪稍大，也不改吃茶的习惯，茶不多的时候，他会拿茶叶末将就，或者到屋后的竹林里寻一些嫩竹叶来煮，也一样清香无比，甜丝丝的，有清爽之气和茶汤之香，宛若珠玉。

想起有个茶馆，名叫"人口蒲茶"。人口渴了，就想喝茶，喝茶去哪里呢，就去"人口蒲茶"吧。蒲草编成的垫子，席地而坐，古拙的茶桌，幽香的茶水，三五知己对饮，其乐融融。

茶，如今已然成了一种宽泛的概念。当下，喝花茶的人也很多，枸杞、菊花、洛神花、茉莉花、决明子……排着队进入你的口腹，这是一种被延伸了的茶。在这类花茶中，我独喜一种名叫"本色物语"的茶，无添加，还原植物本原的香，传递植物的绿色力量。喝得人微汗在背，春意融融，何等惬意！

茶，曾一度被人说成是女人的尤物。就连老舍先生也说："有一杯好茶，我便能万物静观皆自得。烟酒虽然也是我的好友，但它们都是男性的——粗莽、热烈、有思想，可也有火气；未若茶之温柔、雅洁、轻轻地刺激、淡淡地相依，茶是女性的。"

轻轻地刺激、淡淡地相依。刺激的是人灯红酒绿之后麻木的味蕾，相依的是你已然寂寥的心。在这样快节奏的生活里，一杯茶盈手一握，一个人立马就豁达开朗了。

石 头 汤

石头还能做汤？

答案是：能。

《清稗类钞》有记载："桃源产白石，可煮羹。法以水煮石，俟沸而易其水，入青豆苗少许，味绝佳。"

这是一块怎样的石头呢？水煮石头，是为了增添其矿物质，还是因为石头裹挟美味，还是概念炒作呢？

《清稗类钞》里记载的并不详细，除了投放青豆苗之外，并没有注明是否还需要放入其他佐料，若是还需佐料，我就要质疑这块石头的真正功效了。

法国有个民间传说，也是说石头煮汤的故事——

三个士兵（一说"三个和尚"）打仗归来，又饥又累，路遇一村子，打算进去讨些吃的。可是，他们走遍了所有的农家，都没有人愿意给他们吃的。农人们知道

106

三个士兵要来，事先把吃食藏到了阁楼上、地窖里，甚至是藏到了水井里。总之，就是不愿意给他们吃。或许全世界都一样，都有"兵痞"的说法。士兵们也深知自己身份的尴尬，于是心生一计，在村口支起了一口大锅，大锅里放了几块石头，派人在村口高呼：都来吃我的"石头汤"喽……石头汤怎么能喝？单单是喝石头汤也没什么意思呀？于是，村民们纷纷把自家私藏的美食拿出来，投到这样一口锅里，有火腿、烧鸡，也有胡萝卜、土豆等素菜，还有投入佐料的。不多时，香气渐盛，三个士兵率先吃到了美味的"石头汤"，村子里的人也啧啧称赞，说从来没有见过此等美味的汤羹。

毕竟是当兵的，见过的世面多，城府也深不可测，说白了，就是鬼主意也多。那些村民直到最后也不知道自己是被士兵耍了。

若真如这则民间故事所云，所谓"石头汤"一说，无非是挂羊头卖狗肉。《清稗类钞》里所载，也只能被当作是青豆苗汤。

青豆苗汤在我的故乡亳州也有，鲜嫩的豌豆苗，清脆中透着微苦，洗净入汤，再佐以些许肉末，如果有条件，还可以放入一些茴香与枸杞，味道鲜美至极。据说，此汤还有清火利尿的功效，估摸着，全因了豌豆苗里裹挟的苦吧。一切苦的吃食，都是能败火的。

　　写到这里，惊觉《清稗类钞》所记为"白石"，而中药当中的石膏亦为白色，也有清热泻火的功效，而今天的桃源县隶属湖南常德，常德被誉为"中国石膏之乡"，这样说来，就吻合了。石膏与豌豆苗应属一脉，这样想着，白石是不是就是石膏呢？就此事请教了做中医的父亲，他对我的推测也比较赞同。

　　如此说来，所谓的"石头汤"，应该就是"石膏豆苗汤"了。

天赐大地一脚皮

  在故乡，流传着这样一个动人的传说。有一位孝子，数十年如一日，侍奉双目失明的母亲。这一年，当地人遭了饥荒，所有吃食甚至连草根也被挖了去吃。母亲饥饿难耐，出现了幻觉，说她看到了好多海带和紫菜在眼前晃悠，若能吃上一碗紫菜蛋汤就好了。

  孝子便冒着炎炎烈日出门去掏鸟蛋，他想，即便不能找到紫菜，找一些鸟蛋回去也好。他爬遍了村子周边的大树，由于遭了饥荒，连鸟雀也被饥饿的孩子打下来吃掉了，哪来的鸟蛋呢？

  孝子并未放弃，继续寻找。在一棵高大的树上，他终于找到了一窝鸟蛋，有四五个。他喜出望外，把鸟蛋装在贴身的衣兜里，正欲下树，头忽地一晕，直直地摔下来。足足六七米高的一棵树，孝子是后背着地的，他生怕摔碎了鸟蛋。可是，孝子却被重重地摔在地上，昏过去了。

太阳炙烤着大地，眼看着就要把孝子怀里的鸟蛋给烤焦，可是，孝子还没有醒来，额头上渗出了豆大的汗珠。如果在这样的天地里，孝子再不醒来，就要因脱水而一命呜呼。也许是孝子的孝心感动了上苍，霎时间，乌云密布，忽然来了一阵大雨。孝子醒来时，雨停了，彩虹挂在天边。孝子身边的土地上，长出了好多类似紫菜的东西。

孝子兴高采烈地冲着彩虹磕头，多谢上苍让土地上也长出了紫菜。孝子回到家，用这种"紫菜"和鸟蛋，给母亲做了一份"紫菜蛋花汤"。神奇的是，母亲吃了这碗汤之后，眼睛竟然能看到了东西。

母亲告诉孝子，这是东海龙王显灵。孝子赶忙到刚才自己摔倒的地上再去寻那些"紫菜"，可是，却一丁点儿也找不到了。孝子再次磕头跪拜，多谢龙王从东海降下了紫菜给母亲，还普降甘霖，救活了当地的百姓。

当然，这只是一个传说故事。所谓地上长出来的紫菜，是一种菌类，也就是地衣，又叫地耳、天仙菜，俗称"地脚皮"。因为是菌类，喜阴湿环境，所以只有在雨后才能捡拾到。此物十分美味，可以用来炒蛋，也可以做蛋花汤，味道比紫菜还要鲜美。

在乡间朴素的思想里，人们对大地提供给自己的一切美味，都十分感恩，习惯上称之为"天降祥物"。我小时候，没少吃这种"地脚皮炒蛋"，还被"地脚皮炒蛋，给肉都不换"磨得耳朵都长了茧子。

同样是乡下人，一位行伍做过红笔师爷的林老先生，却清楚地知道地脚皮的来历。为此，他还编了一串歌谣：大地张嘴饥又疲，龙王带雨来救急，翠珠飘落还不算，又赐大地一脚皮。

林老先生就是诙谐，他把地脚皮称为天神搓下来的一块脚皮。不过，还是做"神仙"好，连搓下来的"脚皮"都是香的呀！

甜秫秸，花米团

甜秫秸是个什么东西？恐怕没有在皖北生活的人很难知道。

甜秫秸是一种比甘蔗要稍细一些的作物，早些年，在江淮流域多有种植，赭色的身躯，足足有两米高，通身裹着青白色的皮，剥开来，赭色的秫秸秆上，搽着一层粉，它应该是最爱美的一种植物了。到田畈，随便去撅断一根甜秫秸，手上就会留下一些白色的粉末。

我一直认为，甜秫秸最适合被画成国画。亭亭净植，很少有旁逸斜出，苗条地立在田间，从不臃肿，像极了乡间的女子，个顶个的身材匀称，没有一丝多余的赘肉，在乡间的风里，叶梢随风浮动，好美的一头秀发。

甜秫秸是一种极为简单的吃食，干农活累了，随便撅断一根，用手先扯掉它的表皮，再用牙齿劈开它的硬皮，就露出鲜嫩多汁的肉了，咔嚓一口咬下去，一个字：甜。溢满全身每一个毛孔的甜，让人心里没有一丝杂念的甜，透彻肺腑。

甜秫秸这个名字很家常，不像甘蔗那样古朴。甜秫秸，望文生义，就是很甜很甜的那种秫秸；而甘蔗呢，就文言多了，仿佛是从《诗经》里走出来的。

秫秸，就是高粱的秸秆，细，弱不禁风，赤红着脸膛，在秋风里弯了腰。甜秫秸稍稍粗了一些，可能是因为其胸中鼓噪着难能可贵的糖分吧。这就好比自古有才华的人，多半处在微胖界，腹有诗书嘛，这是有学问的象征。

甜，总能带给人一些愉悦的回忆。回忆起我在皖北乡下度过的童年，除了甜秫秸，就要数花米团了。

花米团是用米花加糖稀制成，团成球状。我最早见到的花米团是用小米、豌豆、红豆等炸成的米花、豆花做成的，花花绿绿的，被一根线绳穿起来，挂在售者自行车后座的货架上，乍一看，就很撩人的胃口。

少年时，隔壁村子就有一个卖花米团的手艺人，我特别爱吃他做的花米团。他喜欢到小学旁边去卖，我每一次都要买上两个，吃得到口不到心，总不过瘾。那年秋天，做医生的父亲治好了卖花米团手艺人的哮喘病，他特意给我送了整整一尼龙袋花米团，花花绿绿的，躺在袋子里，我足足吃到了冬至，才把这些小精灵给干掉。当时，适逢换牙，我的多少颗乳牙不知是自然脱落，还是被花米团给粘掉了，像一颗肥硕的大米，被我扔在房檐上或者床下（在故乡，有这种风俗，小孩子掉了上面的牙齿要扔到房檐上，下面的牙掉了要扔到床底下）。

同样是甜，一个多汁肥美，一个脆香诱人。这些，都来自故乡土地的恩赐。我是在故乡土地上滚爬长大的少年，也应该算作是这方水土的恩赐了，难怪我至今还对甜秝秸、花米团念念不忘，原来，在根上，我们是通灵的。

突然恋上土腥气

十岁以前，我讨厌一切有土腥味的东西，譬如蘑菇。

尽管母亲也在凉水里洗，热水里焯，炒菜的时候，还放了不少佐料，但炒出来的蘑菇还有不少土腥味。

这样的土腥味，夹杂着一个区域的地气，还有木质的腐败气息，难怪大家把它称为菌类。无论是炒菜，还是炖汤，不管别人说它吃起来如何像肉，我坚决一筷子也不沾。

我与蘑菇绝缘了十几年，这十几年间，我外出求学，在食堂里，也不沾蘑菇的边儿，遇到它总是绕着走。

大学毕业以后，我在合肥就业。一次，表妹从老家来，带来的东西无他，唯一小篮子蘑菇。表妹亲自下厨，并没让我知道做的是什么。她把蘑菇拌了面糊，放了鸡蛋，炸出来黄澄澄的一小块一小块，我吃了整整一碟子，仍意犹未尽，问，这是什么菜？

表妹用惊异的眼神看着我说，蘑菇呀！

我瞬间愕然，怎么没有土腥气了？难道因为是炸制的？

表妹丢下碗筷，走进厨房里，给我盛了一碗蘑菇汤，我闻了闻，是没有土腥味了，不由分说，一口气吃得精光。

自此以后，我竟然视蘑菇如珍宝。你说奇怪不奇怪？

我把发生在我身上的怪事说给朋友听。朋友说，一个人越是缺什么，就越想吃什么。也许，最近几年，你身体里缺少有益菌了。

不过，我还是信另外一个朋友说的：你是离家太远，想念那里的水土和味道了。

原来，一个人离家久了，会缺少这么多，尤其是地气。于我，竟然连一直望而生畏的蘑菇也变得欲罢不能了。

盐 水 毛 豆

夏末的时候，坐在家里没事干，就和祖母一起在院子里剥豆。豆是毛豆，刚从田里拔回来的，新鲜着呢。剥豆的工夫，来了客人，是堂姐，哭丧着脸进门，见到祖母，索性敞开哭了。祖母一边安慰，一边问她怎么了。一问才知道，原来是和堂姐夫闹别扭了。

为何闹别扭？原因很简单。堂姐与堂姐夫在闲聊之际，说到了一个他们共同熟悉的朋友。言语之间，堂姐羡慕那朋友事业蒸蒸日上，家庭和顺一堂，还有悠长的假期，定期陪家人去度假。不像堂姐夫，一个小公务员，一年忙到头，也没有个休假时间。堂姐夫一听，男人的自尊立马崩盘，两人汹涌地吵了起来，娇贵的堂姐就哭闹着回娘家来了。

祖母听了堂姐的诉说，没有发表任何意见，专心致志地剥豆。边剥边说，孩子，你看这毛豆多好，又好吃又好看，还有股清香。做起来也不麻烦，到田里就摘，回来想剥就剥，不想剥了，用清水洗净，放在锅里，放点盐巴一煮，不多时就可以吃到美味。真正过日子，就应该像这普通的小毛豆，哪家能终日鲜果不断，毛豆却可以天天有，尽管寻常，却最滋养我们的肚皮。仙鹤好，谁常见？即便有，哪能煮得？山珍海味虽好，岂能天天吃？我们能做的，就应该珍惜手边能摸得着够得到的小幸福。

祖母娓娓道来，堂姐若有所悟，紧锁的眉头舒展了，眼角的泪花笑没了。篮子里毛豆剥完了，锅里煮的毛豆也熟了，盛出来，捏在手里，放在口齿间一拽，一荚毛豆全滚到口中，清香四溢。

庸常的毛豆，这种素淡的美好，体贴的何止是人的胃口，还能滋润人的情感。

其实，好的家庭，好的情感，就像这盐水煮毛豆，盐巴哪家都有，毛豆遍地可摘，只需稍加一些情感的小火苗，就能扑腾出异样的美味来。简单方便，却很实用，这是真正的人间烟火。感情若是奢侈，要感情有何用，搞不好还是情劫。这种信手拈来的美好，让我们坐享人间的至味。

油酥烧饼里的蝶影

提及皖北美食，一定少不了蒙城油酥烧饼。

蒙城是庄子的故乡，一座文化底蕴非常丰厚的城市。在美味上，也不输其他的地方。尤其是民间的小吃，譬如馓子、撒汤、小笼包、烧巴子……最具代表的当然还是油酥烧饼。

这块起源于清朝道光年间的薄饼，浸润了皖北大地上芝麻的香，面粉的甜，吃起来，酥脆可口，让人惊叹于面粉也可以幻化成如此美味。

皖北大地上的地产芝麻，用水淘去秕的，剩余的全部颗粒饱满。精面粉，用盐水来和，盐水要根据季节不同，调整好比例，面要劲道，把淀粉的弹性给充分激发出来。佐料也很有讲究，用八角、花椒、葱丝、猪油等调制，用来提味。

和面成带，带若鞋底大小，分作巴掌大的一段段，上敷芝麻，贴在炉壁上。炉火一定得是木炭火，木炭的制作，一定要选取一些带有甜味的木材，这样才能充分与面粉和油脂融合，烘托出酣畅的饼香。

　　如果你到了蒙城，去各大餐馆，上主食的时候，一定少不了油酥烧饼。

　　这样小小的一块饼，薄如纸，吃起来，味道却翻江倒海，厚实得很。油酥烧饼的酥是有特点的，一掰即碎，碎成安全玻璃状，像是一只只蝴蝶的翅膀。

　　获悉蒙城正在打造蝶城。庄周的故乡嘛，怎能缺少蝴蝶的痕迹？

　　油酥烧饼也不甘寂寞，片片酥脆，也化作了蝶影。如此，庄子幸甚，蒙城幸甚！

油 炸 香 菇

　　油炸香菇是一道回民菜。在回民聚居区的人，基本上都能吃到这道菜。早些年，在亳州西关的一家小店请人吃饭，点了这道菜，吃起来十分爽口，很有味道，满满一盘子，被我们两个人吃个精光。

　　后来，我开始钻研这道菜的做法。肥硕的香菇被洗净了，只留下香菇头，放在白瓷盘里，黑褐色，感觉特别有国画的意境，交给初学者来临摹也不错。香菇的鲜，颗颗晶莹的水珠，瓷盘的白，白中带着碎花。这样的香菇，不炸，也很有看头。

　　当然不能裸炸。香菇要事先在佐料水里泡几分钟，泡水的工夫，可以用鸡蛋和面，成糊状，把一颗颗香菇全部裹上一层糊，然后放入油锅里炸。这样炸出来的香菇呈金黄色，要趁热吃，更能感知油脂与香菇的缠绵。

香菇是真菌皇后，其所富含的营养价值极高。民间素有"山珍"之称。有这样一种说法，香菇集天地之灵气，是可通灵的食物，实在难得。如果在餐桌上遇到，切莫错过。香菇又是一种很儒雅的食物，仿佛古代体态微胖却气质优雅的文人，不温不火，却满腹经纶，总之是肚子里很有"料"。而许多文人也认为，吃香菇，是可以增长智慧的。

玫瑰送佳人。前几日，会一外地文友，特意点了油炸香菇。文友吃来，大呼过瘾，还美其名曰"美食小炸弹"，这个名字可真够形象的。尤其是在严寒的冬日来吃，被炸得金赤色的香菇，放在瓷盘里，像一小簇火苗，吃下去，胸中生起融融暖意，似有一些微火在胸中丝丝络络地生起来，让无边的寒意都退避三舍。

有一次回乡，我特意去了香菇养殖园，挎了个竹篮，亲手采摘了香菇，回家洗净，亲手来做这道菜。很易下手，过程也不复杂，吃起来的味道感觉比餐馆里的还多了几许家常。看来，油炸香菇和世间的有些事物一样，得到并不像我们想象的那样难。

吃货们，开启你的美食之旅吧，别再让条件钳制了你的味蕾！

在烫面角里过早

烫面角是皖北地区特有的吃食。

之所以取这个名字，很简单，用热水和面，这样面皮才有韧度，像二三十岁左右女人的皮肤。至于馅儿，分荤、素两种，荤的可以是猪肉，也可以是羊肉，素的多以粉丝、炒豆腐干为主。

包制烫面角的过程很简单，用竹匙抹馅儿，馅儿在面皮心，双手一拢，面皮的边缘合二为一，轻松一挤，即可。把包好的烫面角码在竹笼屉里，一屉也就是十个左右，可以荤、素各五个，便于食客们索要。

皖北地区，尤其是在亳州，早起的人们，多是做药材生意的，吃起饭来也风风火火，烫面角无疑是最佳吃食，无论凉热，端上来即食。一口一个，很壮嘴，面里裹着肉与粉丝的香，再佐以些许萝卜丝小咸菜，又很开胃，一笼烫面角，瞬间就被消灭。

吃烫面角吃什么可是有讲究的。一般情况下，素烫面角多要配以辣糊汤，用胡椒粉、豆腐皮、海带丝、碎花生熬煮而成，浓稠的一碗，可补素食的味道缺憾；荤烫面角多要配以马糊，用豆面淀粉等熬煮而成，上面撒上些许大头菜丁和咸豆子，可解荤食之腻。

来皖北，早间不吃上一笼屉烫面角，就等于是不接地气。

烫面角的面来自皖北大平原上的金黄色小麦，猪羊肉也是农家圈养，食的是这里的五谷与野草，就连佐料，也是地产。若要往前退若干年，就连烧制烫面角的木柴也是从路边高树上够下来的干树枝，嘶嘶地在灶下吐着火舌，像极了调皮的孩子，馋巴巴地舔舐自己的嘴唇。

也许你说，这些食材外地也有，但我可把大话撂在这里。离开此间风物，你是做不出来皖北味道的。单从佐料上来看，就是烫面角里调馅儿的中药材，你都配不全，亳州是药都，守着一个最大的中药材集散地，办几样材料，可不是手到擒来的事情？

八角、小茴、胡椒、辛夷花、香叶、孜然、桂皮，随便一处摊点就能买到上好的品相与味道。味道，是烫面角的府邸。它的厚度、气息，在唇齿之间散发的感觉，让你一经食过，便久久难忘。所以，作为早点，寒来暑往，烫面角都是主角，一直都没有"过气"的意思。

　　"过早"是武汉人吃早饭的称呼，今天把这个概念偷换到皖北来，目的是配合烫面角的美味，本意是，在皖北，你不吃烫面角，哪里能让这个早间过得舒坦呀？

辑三

秋

白露打枣，
分卵梨。

榆木先生画
丙申年新春

念念秋分

　　在日历上看到节气，已经是秋分了。《春秋繁露·阴阳出入上下篇》中有云："秋分者，阴阳相半也，故昼夜均而寒暑平。"这样的句子，让人想起了佐河水的诗："日光夜色两均长。"到了秋分，昼与夜就不矛盾了，谁也不比谁多，谁也不比谁少。这样一种势均力敌，在秋分这一天，把秋天分成两半，也把一年的昼夜时长分成两半，好高明的中庸之道。

　　秋分一过，天空就没有雷声了。从此，雷公退守天际，一年的工夫全忙完了，且待来年春天，春雷滚滚，把一年的物候唤醒。不打雷，下雨的日子也就少。这时候，正是秋种的时候，记忆里，皖北大地上，早就开始一片忙活，耧也开始在田里"立足"了，恰是一年中的小麦播种季节。

何止是小麦，就连要过冬的秋虫也开始给自己张罗住处，在土里，给自己造一个安乐窝，待到天气转冷，它便能在窝里睡一个舒服觉。难怪古书上说，秋分有三候："一候雷始收声；二候蛰虫坯户；三候水始涸。"

我有时候想，所有会蛰伏的动物，一定都是盼着秋分的，到时候，它们很快就可以给自己张罗度假了，像是上班族盼着周末的到来。其实，转念一想，在秋分以后，能做一个蛰居的动物也不错，给自己放一个悠长的假期。然后，一觉醒来，春暖花开。

秋天也正是进补的季节。秋天到，蟹足痒。秋分节气，正是吃大闸蟹的季节。一开始，我最怕吃这种华而不实的东西，不是不想，而是不敢，主要是不知道如何下口。

我生在江淮平原，平日里哪有大闸蟹这种东西可吃。在上大学的时候，一次在合肥晚报社实习，招待单位准备了大闸蟹。张牙舞爪的大闸蟹一上桌，所有人摩拳擦掌去吃，而我，却不知道该怎么吃，吃哪些部位，只有借故不爱吃，给了别人。现在想想，可惜了，上门的美味给了别人，这可不是吃货的风格。

再也没有任何一个节气有秋分适合吃粥。田畈里，南瓜已经下来，豆类、花生也都已经颗粒饱满，若是红薯种得早，这时候也该可以煮来吃了。这是田园犒赏农人的季节，也是最适宜休养生息的季节，一年中最清闲的好日子刚开头。且吃粥，做一份南瓜粥、青豆花生粥、红薯粥，都是不错的选择，吃得人汗津津的，通身暖意，就不在乎什么秋凉了。

秋分以后，天就亮得慢了，却要早起，这样的节气最适宜晨练。《素问·四气调神大论》曰："秋三月，早卧早起，与鸡俱兴。"早睡早起，锻炼身体，在秋分节气，最宜养生，也最能静心。

清晨起来，在小区旁边的公园里散步，鸟雀啁啾，叫声里已经有了些许隐忍的意思，路边的草色也不似早些日子那样青碧嚣张了，好像是一个人，进入了知天命的年纪，凡事看得开，看得透；也像是那碧潭里的水，在秋分以后，洞明得连一条鱼都藏不住了。

在岸边寻找一条鱼，在心里念及一个人，也只有在秋分，怀人也怀得寥廓。

白露打枣，秋分卸梨

　　"白露打枣，秋分卸梨"，这是中国北方很多地方的习俗，皖北一带也不例外。

　　孩提时，每每到了白露时节，枣子就开始赤红脸膛了，这时候不用它开腔，自有顽童举着一根和自己年岁差不多的竹竿来打枣子。枣子纷纷落下，如一阵甜香的雨，下面铺的是被单，它最先感知枣子的甜意。

　　到了秋分时节，祖父用手推车推着我向田间走，刚到地头，园里的梨子黄灿灿地冲着我笑，它面部的斑斑点点像极了星空，撩拨着我的味蕾。那时候，我坐在祖父肩头，伸手便可够着梨子，拧下来，放在铺着毛毡的篮子里。这样的梨子是脆弱的，像是大户人家的女子，遭不得半点磕碰。

　　枣子是北方特有的水果，它们耐得住干旱。南方的濡湿的空气，遍布的湖泊，它们反而还呆不惯，只习惯在黄土地上锻炼着自己的心性，幽幽地发着甜香。枣子是适应力极强的果子，在戈壁乃至沙漠地区也能生长。凄苦的环境下，枣子们如点点火苗，点亮一树风光，很有些喜气，所以，中国人喜欢在院子里栽枣树，也是为了讨喜，每每有婚礼，都要在新婚前夜，在新房的被单上撒下枣子、桂圆，寓意"早生贵子"。

梨子也是适合在深秋吃的果子。我的家乡安徽亳州，是一个药都，每每遇到有孩童咳嗽，根本不需要去医院，只需要到药材市场买来贝母，到水果店买来梨子，加上冰糖在锅里熬煮，做成羹，连吃三两天即可痊愈。这些，都是故乡的恩赐。梨子水分足，能解渴，也可治肺痨。相传，五代时，有人患有此病，且需要坐船出行，遂心生一计，在船舱里载半舱梨子，泛舟而下，船行半月，恰到岸，梨子吃完了，肺痨也好了，真叫一个大快人心。

想起这些轶事，再次念叨着"白露打枣，秋分卸梨"这颇有诗情的句子，突然想起它的后面还跟着极为朴实的一句，如佳肴过后的一盏清汤，那就是"九月的柿子黄了皮"。其实，到了九月，柿子的皮何止是黄，也薄了。柿子的脸皮渐薄，却也会逢迎人的胃口，撕破脸皮，取悦你，甜煞你。

　　写到这里，简直让人舌尖生津。

　　故乡的枣子先于故乡人知晓第一滴白露的降下；故乡的梨子也先于故乡里的飞禽知道秋分的到来；故乡的柿子也先于任何草木懂得季节的风凉。枣子、梨子、柿子，这些最美的吃食，也是最有灵性的小脑袋，伸着头打探着秋风里每一丝大自然的讯息。可这些坐探，哪有什么好下场，一个个都被饕餮的胃口吞下。然而，转念一想，作为一枚果子，最大的价值不就是让人大快朵颐吗？如此说来，它们这又是愉悦地"自投罗网"！

白露纷纷茶与酒

清楚记得，小时候，每到白露节气，母亲一定要从父亲的中药房里拿出来几枚龙眼来煮粥。然后，我们兄妹四人每人一碗，喝得周身汗津津的。

白露一落秋意浓，天气转凉雨霏霏。清晨起来上学的时候，母亲一定会再三叮嘱，不要卷袖子和裤管，否则，易着凉，秋寒侵身，很难驱除。

有没有驱除寒凉的吃食呢？天底下的母亲总是最有办法的人。

入秋时，母亲会事先准备好酒酿，也就是米酒，倒在晶莹剔透的玻璃杯里，让我们兄妹每人喝上一杯。米酒很甜，带着一些辣，每年白露一杯米酒，是我仅有的一次饮酒，喝得我通身暖融融的，酒是液体的火，在我的每一根血管里火蛇般的游走。

20世纪80年代，大多数农村家庭都很拮据，没有像样的秋衣，只有一件薄薄的夹袄，用自家田地里的棉花做成。除此，就是一杯米酒，那算是最好的驱寒方式。

所以，在我童年的印象里，一直以来都在做着一个可笑的梦。梦见棉花地里，大片的棉花如一团团雪，我把棉花抱在怀里，越抱越紧，一觉醒来，发现是父亲的胳膊。或许是天气太冷了，我做梦想的都是暖烘烘的棉花。

如今，坐在城市高档写字楼里的我，写下这段文字，手里端着一杯白茶，我把它称为"白露茶"。饮罢此杯，我就要把陈年的普洱与祁红拿出来了。

绿茶微凉，红茶暖身。白露喝掉夏天的茶根儿，开怀纳新。清空盛放茶叶的青花瓷罐，装上普洱，明天且饮此茶，给这个世界即将到来的寒气以有力地回击。红茶和多年前的米酒一样，也是一团火，烧在身体里，把扑面而来的寒意吓得望风而逃。

窗外更深露重，夜色随着露珠的落下，渐渐转凉。睡觉的时候，脚掌开始卷被褥了。如果你所处的环境充分安谧，还可以听到露珠落下的声音，从一片叶子挪到另一片叶子，蹑手蹑脚地来。白露降临的夜里，夜渐渐长了，我也时常夜里醒来，肚子咕咕叫，心里想的是母亲多年前做的龙眼粥。

炸　豆

　　植物也不是好惹的。九月末，回皖北乡下老家，帮父母收黑豆，父母刈豆秧，我抱起来放在车厢里。金黄色的豆秧在夕阳的照耀下，显得异常可人。作为一个农家长大的孩子，每每遇到故乡的果实，我总想把它们抱得紧紧的，对黑豆也不例外，它能补肾、明目、生发。我在田垄上，弯腰紧紧抱起一捆黑豆棵时，一种尖锐的疼痛从指间溢满全身。一开始，我还以为是自己抱住了一条小蛇，定神一看，才知道是坚硬的豆荚把我的三个手指肚给扎伤了，鲜血如豆子一样溢了出来。也许是因为怀抱粮食，我总觉得这是一种可喜的痛。

　　黑豆收获殆尽，装在三轮车上。突突的三轮车压在乡村的土路上，向家的方向驶去。把一车厢豆秧掀倒在院子中央，感觉是把整个秋天都掀在了家里。我小心翼翼地从豆棵上摘下豆荚，然后，从豆荚里把豆子剥出来，这个过程，像是在给黑豆分娩。日色逐渐萎淡下去，脚下盆子里的黑豆逐渐累积成了小山状。这时候，母亲生起了灶火，要我把黑豆用水洗净，说，马上我们就可以烀豆了。

烀是一个动词。这个词在皖北的乡间人人皆知。"烀"是一个象形字吗？一通火苗，右边的"乎"字，上半部分又多像一个锅灶，最上面的一撇是锅盖，下面的一横就是灶体，两点就是食物，甚至就是豆子。这样说来，"烀"这个词就是专门为豆子而造的。

火苗颤巍巍地舔舐着灶底，灶里的豆子，像是被挠痒痒，在沸腾的水花里咧开嘴笑。沸水里的佐料味趁着豆子笑的工夫，巧妙地浸入了豆子的内心。这感觉，像是一对恋人在恋爱，不知不觉就爱上了，不知不觉，你中就有了我的味道，我中就有了你的个性。

我小时候是不喜欢吃烀豆的，因为我见到了祖父在豆苗间锄草的场景。祖父的汗珠比泡胖了的豆子还大，砸在黄土地上，瞬间被吸收。在我少年天真的想法里，甚至怀疑祖父的这些汗珠一定是被豆子给吃掉了，要不，怎么每一粒豆子都像是祖父的汗珠？后来，我甚至觉得烀出来的豆子也有祖父的汗味，索性不吃了。现在想来，真是可笑之极。

生活在皖北平原上的人们，豆类是主要的吃食，他们挥洒着大把豆大的汗珠，也收获着大把的豆子，然后，用这些豆子打豆浆、做豆腐、压制豆皮、磨成豆面，总之，豆子在这里总蕴含着无数可能。最简单的一种吃法，也是最原始的吃法，就是烀着吃，这样吃，舌尖最能完完全全地感知到豆子的香，从豆子的皮到豆子的内心，从豆子的腥到豆子的甜，仿佛把豆子的一生都感觉了个遍。

在我的家乡亳州，早在三国时期，有一对亲兄弟因为夺嫡，酝酿了一场争斗。哥哥要弟弟七步之内作出一首诗。踟蹰之际，豆子在弟弟的脑海里打转，是的——煮豆燃豆萁，豆在釜中泣。本是同根生，相煎何太急？才高八斗的曹植之所以信手拈来，多半也与这里的人们太爱吃烀豆有着千丝万缕的联系，何等妙喻，赋予了"烀豆"以更多的内涵和想象力，真可谓"烀"之欲出呀！

岁月的风呼啦啦地吹着，皖北平原上，从青碧到枯黄，豆子——豆芽——豆苗——豆荚——豆子，多么富有哲理的一个轮回。也正是在这样的轮回里，以豆为食的人们，也像这豆苗一样，一茬茬地旺盛且有滋有味地生活着。

露寒且吃茄丝粥

露珠抱成团瑟瑟发抖的时候，第二天一早，到田间里去，新播撒的小麦在田垄里睡觉。田畈里，所剩的作物已不多，还有一些秋茄子站在阳光下，露珠挂在其紫红的腮边，似滴滴相思泪。

寒露以后，茄子最好吃，不是说茄子的嫩，而是说它的纤韧。夏天的茄子好似少女，不经事，空有一副水嫩。入了秋的茄子，饱含了时光阅历，吃起来能品到浓浓的人间烟火气息，舌尖上，还有一种"才下眉头，却上心头"的牵绊感。

雁阵惊寒，高高地迁飞。空旷的田野里，茄子寂寞地等待着食客们的问津。而恰恰是这样一问津，就要了它的命。人与蔬菜，这样一种虐恋，让我说什么好呢？

岁时寒露，最适合吃茄丝粥。

140

茄丝粥的做法十分简单：茄子切成丝，拌上面，在锅里煎炒，煎炒至黄澄澄的一条条，有了茄子的香味，出锅再把水烧开，再把事先炒好的茄子放进去煮。当然，若要味道鲜美，还可以放一些蔬菜叶和番茄进去，这样就多了几重鲜香。

印象中，少年时的我，每到深秋，都要央求母亲给我做这样的茄丝粥。我总认为，这样的茄丝粥里有一种肉香。我至今弄不明白，说茄子有着肉的香，是茄子的幸运，还是肉的荣幸。只知道，每每母亲做好了茄丝粥，我总要连吃三大碗，乡下农家的那种粗糙青花瓷碗。乡下人吃饭喜聚在门前的柳、楝树下，我也觉得，茄丝粥只适合在这样的环境下吃，树上，零星有一声两声寒蝉在凄切地叫着。在这午后依然有些焦躁的秋天，我筷子飞舞，嘴角欢畅，直吃得腆着肚子送碗回家，那满头的汗珠，是我对母亲所做茄丝粥的最高褒奖。

吃茄丝粥也只能在这样的时令，太早了或太晚了，不光茄子没有这样的味道，而且气温也不适宜，吃不出汗津津的意味，哪能对得起母亲一上午的辛苦。而我等守旧的人一直固执地认为，做儿子的，对母亲做的饭，若不能吃得通身汗津津，那是对母亲的不恭与不孝。

汗津津这个词，在我十五岁以前，一直是专属于母亲所做的茄丝粥的。十五岁以后，我在镇子上上了初中，而吃茄丝粥的时节我恰恰是在学校，鲜有这份口福。但每每母亲问及在学校能不能吃好，我总会告诉母亲，能，有白米饭，一粒一粒的，还有大碗的茄丝粥。其实，哪里有茄丝粥可吃呢？单单是做茄丝粥的工夫，也足以让厨房师傅望而生畏。即便是有，再高超的大厨，也做不出母亲的味道来。

　　每位母亲都有一道拿手美味，我把这一票，投给"茄丝粥"。这样的一票，在每年的寒露以后，盖上邮戳，从心灵深处的邮局，寄给母亲。我坚信，无论母亲在故乡还是他乡，都能感知到。

满架秋风扁豆花

许多年前，郑板桥流落到苏北的安丰小镇，在一座小院子里居住下来，过着淡泊的生活。他的书房里，有一副"一庭春雨瓢儿菜，满架秋风扁豆花"的对联透着禅意，也掺杂着诸多隐忍的意味。看似说吃食，其实，说的是心境，既然一切不尽如人意，还是躲进小楼成一统，春食葫芦秋赏花吧。

扁豆花，在乡村极为常见，淡紫色的，这样一种紫，似乎和其他颜色都不一样，有着一种渐变色，紫得不耀眼，却很耐看。扁豆花应该不属于清香四溢的花朵，甚至还有一种怪怪的暴戾之气，它们攀在乡村的篱笆架上，结出扁扁的豆荚，也泛着紫。

自我记事起，去外婆家，就常吃扁豆。秋日的清晨，外婆挎着篮子，从院子里采回来半篮子扁豆，择好，放在沸水里焯一下，然后切好姜丝、葱花、小辣椒，用大大的猪油来炒，非常开胃。

印象中，吃扁豆的时候，都要佐以"死面饼子"（没有经过发酵的面做成的饼子），饼子在锅里贴出锅巴，再舀出来半碟酱豆，这种吃法，浓缩了一个时代农家人餐桌上的回忆。

扁豆是极为愤青的豆子，也许正因为它愤世嫉俗，才被繁重的俗世压迫得这样"扁"。我说过，扁豆身上散发着一种暴戾之气，这种气息，让牛羊都不愿意接近它。所以，诸多菜种，唯有扁豆适合种在自家院落里，家禽家畜都不会招惹它。秋风来的时候，它在篱笆上绽放出一片妖娆，远远地望去，像是来自苏州的锦绣落在了篱笆院上。

如此来说，扁豆也像是一类脾气很倔的知识分子。在一般人看来，他们是茅坑里的石头——又臭又硬。其实，一般人哪里懂得，他们是灵璧石，是宝玉，只不过庸俗人的眼拙，看不透火色，才冷落他们，疏远他们。扁豆也一样，其内心是妖娆的，不信你看，满目秋景里，唯有扁豆在粗粝萧索的篱笆上，用花样朱颜，赶走自己的寂寞，营造一墙别样的妖娆。

多年前，在家乡药都曾经流传过这样一则故事。在抗日战争时期的亳州，有一家开药铺的张医生，家里有一位千金小姐，出落得端庄大方，俏丽可人。一家有女百家求，药都诸多府邸都央人前来说媒，可张小姐都一一回绝了，原因是她爱上了父亲的大徒弟华泯。有一回，日军大佐前来张医生这里开药，看中了张小姐，带了聘礼来提亲。如果抗命，势必家破人亡，张家只得应承下来。临过门前一天，张医生的药铺里一片骚动，原来，张小姐因误食了有毒的扁豆，一命呜呼。消息传出，大佐不相信，赶忙来看，一试鼻息，果真断气，便垂头丧气地走了。张小姐的坟茔在药都城南十九里。第二年秋天来的时候，坟茔上开出许多扁豆花。许多人都说张小姐没死，她自幼花粉过敏，尤其触不得扁豆花，一碰就休克。张小姐"死后"，华泯也不见了。后来，有人在上海见过他们，也开了一家医馆……

扁豆花儿美，篱笆绽芳菲，肃杀的秋风却并没有困住它的笑颜，在它身上，从不缺少传奇。

米黄来下厨

在故乡，有"米黄来下厨"一说。

我是皖北人，这里不产米，此米，玉米是也。

玉米黄时，恰在七八月间。玉米须尚嫩，在清晨，趟着露珠到田畈里，掰下来嫩而多汁的玉米，以掐粒汁液四溅为宜，放在篮子里，迎着晨曦回家去。剥开玉米皮，抠下玉米粒，可以煮粥，味道鲜美；亦可以炒菜，做一道清炒玉米粒，很合孩子们的心意。

我曾多次亲手做过清炒玉米粒，可眼、可鼻、可口，可以说是一道登得上台面的佳肴。

玉米在不同的地方，有不同的称谓，在皖北，被称为"棒子"，有很多地方，也被称为"包谷"，估计是因了外面的那层玉米皮而得名。

作家、美食家汪曾祺先生曾发明一道菜，名曰"炒苞谷",其实,也就是炒玉米粒。他在《人间草木》里这样记述——

　　每年北京嫩玉米上市时,我都买一些回来抠出玉米粒加瘦肉末炒了吃。有亲戚朋友来,觉得很奇怪:"玉米能做菜?"尝了两筷子,都说"好吃"。炒苞谷做法简单,在北京的一个很小的范围内已经推广。有一个西南联大的校友请几个老同学上家里聚一聚,特别声明:"今天有一道昆明菜!"端上来,是炒苞谷。苞谷既老,放了太多的肉,大量酱油,还加了很多水咕嘟了!我跟他说:"你这样的炒苞谷,能把昆明人气死。"

　　后来方知,昆明人吃炒玉米粒,不是这种做法。这种做法太"野蛮"了,抹杀了食物的鲜香,对待事物,我们要像对待初恋一样,温文尔雅一些,不可下手太狠,亦不可莽夫煮羹。

　　炒玉米粒,尽管放了肉丁,其实,还应是一道比较素净的菜肴,容不得大油,油大则腻;更不能放酱油,否则,岂不破坏了玉米粒本有的金黄色;更不能放太多的水,在锅里"咕嘟",玉米的嫩与润都给破坏掉了。

　　炒玉米粒,要用匀火,先放适量的油,油热到两成后,将事先剥好的玉米粒下锅翻炒,待玉米粒吱吱冒泡,色稍转暗黄,就立即出锅。然后,配上佐料,炒肉丝，也可以放一些胡萝卜，色彩分明，味道上也可以提鲜，肉至七分熟，即可把玉米粒下锅再炒，三两分钟就可。

　　餐桌上，多了一道炒玉米粒，气氛立时就不同了，有一种占尽田园风光的穿越感，整张餐桌，整个家庭，就有了雅尚之气。吃食，哪能仅仅以果腹？还是要有些趣味的，更多的时候，吃的还是感觉和境界。

霜降时的吃食

霜降以后，最好要到乡村走走，感受庄稼收获以后平原的空旷与辽阔，也只有在这时候，才能体会到"暖暖远人村，依依墟里烟"的情景。尤其是清晨的田野，庄稼收获殆尽，树木黄叶几乎落尽，树枝如伸开的手臂，脉络毕现。这时候，到田野里觅一些吃食，恐怕除了大白菜，就是一些干货了。

大白菜煨粉丝，是乡间人亘古不变的吃食。粉丝是去年的，这一年的红薯还在地里，没有收获。乡间人吃东西条件就是成熟，把去年的粉丝拿出来，放在压水井的水流里冲去尘埃，然后放在沸水锅里煮一滚儿，捞出来，放在瓦盆里。为什么要用瓦盆呢？旧时的乡村一直就是这样做的，瓦盆里有一层釉彩，不会粘盆，另外，瓦盆有良好的透气性，可供处在半醒半睡之间的粉丝自在呼吸。然后，炒一下大白菜，大白菜半熟时，把粉丝下入，稍事搅拌，放一些水进去煨煮。

做大白菜炒粉丝，最关键有两样佐料。一是油渣（提取猪油后的脂肪剩余物），二是小辣椒，油渣可以用来提高菜肴味道的厚度，小辣椒一定要产自淮北平原的，火红一片，这样的小辣椒才和地产的红薯粉丝有契合度。

外婆是地道的农家人，烧得一手地道的乡村菜，她说，地产的大白菜、粉丝、辣椒在一起合作，就是"一朝天子一朝臣"，白菜、粉丝是主菜，小辣椒是辅料，互相配合，才能有味。从外婆朴实的思想里，我感觉到"治大国若烹小鲜"原来是从锅台上感悟演化而来的。

霜降以后，田野一片肃杀的气息。除了稍微能耐寒的大白菜，农家餐桌上，常见的要数一些干货了，霜打的红薯叶，可以下面条，我已经不止在一篇文章里写到它。还有芝麻叶，也是上好的下锅美味，芝麻叶与红薯叶相比，还有一种独特的香，这香味来自它叶面上的油脂，用它来煮杂面条，味道更堪一绝。

还有一些，也能带给我们的味蕾一些实实在在的干香。譬如，干豆角，可以用来烧肉，很能下饭；干黄花菜，和干豆角的功用差不多，还有一些难能可贵的花香在里面；南瓜笋，用草木灰将嫩南瓜片沥干，也可以煮肉；苔干或苔干叶，可以用来炒菜或做包子馅儿……总之，旧时，没有大棚蔬菜的乡村，农家人一样过得很好，吃得很香。如今，大棚蔬菜尽管让人们的餐桌上色彩斑斓，但未必就能吃出时令的味道来。

老祖宗告诉我们，什么时间就办什么事，什么时令就吃什么菜，这是遵循天地规律，是乱不得的。否则，你会逐渐发觉，你身体和心灵的轨道也将逐渐偏离。

馒头的香，玉米的甜

身为一个皖北人，哪有不爱吃馒头的呢？

上好的白面，用酵母和面，面粉与水经过一番缠绵之后，放在盆子里，下面坐上温水。不急，且待面慢慢发起来，和空气中的氧充分接触、反应，面团在盆子里暄腾起来，约莫两个钟头以后，面在适宜的"温床"里"睡醒"了。

在酵母的作用下"睡醒"了的面，就要开始在面案上活动了。先铺上一层"面补"（撒下一层面粉）在面案上，把盆里的面团取出来，展开一番揉术，那感觉，像是在打太极。通常，越是有力的手臂，和出来的面就越劲道，吃起来，也就越香。所以，在乡村，很多时候，和面是男人干的活。

面，是可塑性极强的食品。男人和面做出来的馒头，有刚毅之气；女人和面做出来的馒头，有软糯之美。食品在很多时候都被赋予了人的性格。

盘面的过程，较能看出一个人的性格。急性子的人草草收工，面里没有神采，疲沓一片，没有可塑性，做出来的馒头也没有型。慢性子的人盘起面来，不疾不徐，撒面优雅，拳头与面团之间也走着优雅的舞步，这种馒头做出来，是有韵律的，吃起来，也特别香甜。

至今记得，小时候，特别爱干吃馒头，热的，用手扯开馒头的丝丝络络。面在水和蒸汽的作用下，有了纹路，也有了自己独特的香。凉馒头，吃起来掉馒头花，也有一种异样的香，这时候的馒头是冷美人，是食物中最有味道的一种。

作为一个皖北人，对两样食品最亲。除却小麦馒头，就是玉米了。

初秋的玉米在铺满成熟气息的田野里驻守着，一队队绿的营帐。玉米须逐渐由黄变黑，玉米棒子拱开了皮，露出金黄的牙齿。这时候，用指头在玉米粒上掐一下，汁水四溢。把这样的玉米掰下来，剥皮，放在锅里煮，直到水沸三巡，就可以拿出来吃了，不必添加任何佐料。我一直觉得，煮玉米的过程是水与火说服玉米这个愣头青的过程，在水火的作用下，玉米心悦诚服，放下了内心的对抗，发出了诱人的香。

　　小时候在故乡，常常吃外婆为我做的玉米馒头。那时候，小麦面尚且十分珍贵，常常用杂粮贴补一下。其实，玉米面馒头还真香，那时候的玉米面吃得真切，不像现在的无良食品商，常常用食用颜料染色，冒充玉米面。但也由此足见，杂粮越来越吃香了，鸟枪成了大炮。

　　前几天，到药材街的一条小巷子里买馒头，发现馒头上，被撒上了玉米糁，分外好看，既能吃出馒头的香，又能尝尽玉米的甜，两全其美了。

　　其实，与其说是面食塑造了北方人的性格，倒不如说是面食本身有其独特的个性。爽利、干脆、实在，不软不糯，不疲不沓，有着一种倔强美，透着一股难能可贵的韧劲儿。

　　来北方吧，尝尝我们的面食。

霜降薯叶肥正美

"寥廓霜天后，清晨须起早，起早就往田间跑，红薯地里把叶捞，芋叶焦黑似炭煤，面条锅里煮翠微。"

这是流传在淮河流域的一首民谣。对于一把红薯叶（我们这里的人喜欢称之为"红芋叶"），总有人不吝用"翠微"这样的字眼来形容它，其实，霜降以后的红薯叶，哪里还能称得上是翠微呢？已经"黑似炭煤"了。

淮河流域的农民多喜种红薯，用来当主食，或者打粉做成粉条，切成红薯片在野地里晾干后煮粥……在饥荒的年月里，人们还从红薯的秧苗上开发了数道美食，红薯梗可以焯水晾晒风干，是最美的菜肴，霜降以后的红薯叶用来下面条，非常俏皮。

面条一定要是杂面条，高粱面甚好，在锅里一通乱煮。红薯叶要事先用热水"醒"过，焦干的红薯叶在热水的浸烫下，叶片伸展，脉络毕现，放进面条锅里，待到与面条煮上半个钟头，面条汤几近粥状，红薯叶也厚如初春的木耳，只不过比木耳稍薄一些。这样的红薯叶面条，透着干爽的植物气息，暖胃通透，很能开胃。

有一位诗人文友来故乡，我专门请他吃过一顿红薯叶杂面条，他连吃三碗仍意犹未尽，还要再吃，被我拦住，劝道，美味不可多用，留点念想给下一次吧。他称赞红薯叶为"黑寡妇"，这倒十分形象。仲夏的红薯叶被做成青团，那时候还是少女，一味是鲜，并没有太多内容；霜降以后，红薯叶饱经风霜，浸润了人间烟火，是俗世的烟云下，有了韵味，见了阅历，回味自然悠长。

一个"黑寡妇"，把红薯叶叫出了年代感。红薯叶风行餐桌的年代，大多数人的吃食并不丰盛，一年四季，唯独冬日少有青叶时蔬，红薯叶只不过是接济品。而今，一年四季都有大棚作祟，蔬菜也紊乱了自己的生长规律，但红薯叶依然是稀缺的美食，皖北地区各大餐馆每到冬季依然流行吃红薯叶杂面条。

"黑寡妇"的命苦呀，人世的风霜让它憔悴了容颜，到头来，一生陪伴的都是杂面条，它一辈子都没有"主流"过，但世间关于它的浪漫传说却一直流传在坊间，一直被人"津津乐道"。

关于霜降，诗画双绝的吴藕汀写过一首《霜降》："登高吃酒久阑珊，开在篱头花又檀。霜降尖团肥正美，囊悭唯有画中看。"尖团是蟹的代称。霜降以后，还吃什么螃蟹呀，早已过气了，这时候，吃上一碗红薯叶杂面条还是不错的，为即将到来的冬天积蓄一点暖意。

化用一下：霜降薯叶肥正美。

吃相与人生

一个人吃什么，反映出他的经济条件。

一个人怎么吃，反映出他的个人修养。

看过一则招聘故事。某公司招聘业务经理，通过笔试，有三人进入面试。到了面试环节，题目令所有人都很讶异，主考官请三人吃饭，每人面前摆着一份排骨。

主考官首先开始。接着，三人纷纷动嘴。

主考官发现，甲吃得毫无顾忌，一看就是个没心没肺的人。这样的人性格太直，恐怕做起业务来不会成为佼佼者，因为他不懂得从顾客的角度去考量别人的心思。乙呢，吃得细致入微，别人的排骨都吃光了，他才吃下一半，每吃一口，都会用纸巾擦嘴。主考官认为，这样的人考量太过细致，容易被条条框框所束缚，开展业务时也放不开手脚。丙就聪明多了，时刻与主考官保持一致，考官吃他就吃，考官停他就停，陪主考官说话。

当然，结果很简单，最后录用的是丙。原因是，这种人最善于从别人的角度考虑问题，凡事很有眼色，最会顾忌别人的感受，跟他在一起，你会感觉到很舒心。而许多事情恰恰是在很舒心的环境下，才得以办妥的。

吃相原来真的这么重要？

确实很重要。从吃相上可以了解一个人的性格，看出来一个人的前途，这话丝毫不为过。

在《后汉书》上就有这么一则故事：在汉朝时，有个叫茅季伟的人，一天，家里来了最亲近的朋友郭林宗。茅季伟从鸡窝里逮了一只鸡，烧水、杀鸡，煮汤。郭林宗一看，甚为高兴，看来茅季伟对我真不错。孰料，吃饭时，茅季伟却把整只鸡都端到了母亲房里，他和郭林宗吃的却是鸡汤炖蘑菇。郭林宗瞬间明白了，原来这哥们儿杀鸡不是为了招待我，而是为了孝敬他母亲。知晓真相后，郭林宗比吃了鸡还要开心，对茅季伟说，你真是贤良至孝的人，日后读书求上进，定可大展宏图。后来，茅季伟果真成了贤德且有名望的人。后人曾对此事写诗盛赞：一鸡供母不供宾，主亦无惭宾不嗔。礼遇何须分厚薄，论交只是贵清真。

是呀，两个人对脾气，吃什么不重要，怎么吃才重要。像茅季伟这样"以草蔬与客同饭"的人，尽管不能给人以油乎乎的嘴角，却在无形之中烹饪了一道美德佳肴。至今，我们不还在享用吗？

所以，吃相，在一定程度上，代表的是心相，有什么样的吃相，就有什么样的心性。

躲局三十六计

下晚班，坐同事的车子回家，他要去赶一个饭局。路上遇见两个红灯，期间，他的电话响了三次，一次是约局的人催促，剩余的是其他人再又约他。这位同事不是领导，却要日日躲"局"，不知道这算不算是当今的"乱象"。

俗话说："千里做官，为的吃穿。"这是古人的追求。到了今时，我们千百年来对吃的印象全被颠覆了，成了负担。同事说，他有一晚上串了五个酒局的经历，关系倒是照顾到了，却无法照顾多周全，蜻蜓点水，搞不好还落埋怨，说他耍大牌。若遇老同学在场，会旁敲侧击，说他混大发了，看不起老同学了。真是鸡也不是，狗也不是，惹得一身"骚"。

赴的酒局越多，人不就成为"酒具"了吗？不知道多少个品牌的白酒、红酒、黄酒、啤酒都往肚子里灌，那点单薄的肉身，能承受得了吗？

于是，就要躲局。

同事说，他躲局的方法很多：老乡突然造访，不得不去陪，这是感情；老娘来家里小住，要回去侍奉膝下，这是孝顺；孩子恰逢期末考试，要给孩子补习功课，这是殷切；老婆身子骨不舒服，要回去做饭，这是体贴；领导喊接待，不得不去应酬，这是敬业；多年的哥们儿重逢，要促膝把酒，这是仗义……

总之，现如今，我们很多人在为很多局找各种借口。可到头来，一方照顾不到，就要被人横挑鼻子竖挑眼。

局真的有那么可怕吗？

你拿这个问题问别人，估计十之八九会点头说是。

民以食为天，吃喝，永远是被放在安身立命第一位的。但我们也不能谁的都吃，哪家的都喝。不是有句话叫"吃人家的嘴软，拿人家的手短"吗？由此看来，在吃喝的各色局上，我们是要有些决断力的。不然，局是赴了，我们的自由也就被"局限"住了，左右为难，抓挠不是。

时下，人们"谈局色变"，这种生活现象，不禁让

162

人感慨起古人的雅致来。

"晚来天欲雪，能饮一杯无?""肯于邻翁相对饮，隔篱呼取尽余杯。""开轩面场圃，把酒话桑麻"……这些情致都哪里去了?

什么时候，我们能给这些吃喝"破局"呢?

其实，吃喝不是负担，相反，吃点好的，很有必要。在探究"躲局"怪相的同时，我们大多数人都忽略了这样一句话——"酒逢知己千杯少"。是呀，我们躲的哪里是局，而是局里那些人罢了。

躲局，何须三十六计? 一招足矣，那就是: 家里有饭，我没有外吃的习惯。

糊涂面里的中国哲学

秋风萧瑟时，人心寂寥。前几日，遇朋友张罗饭局，最后一道主食，热气腾腾地上来一碗糊涂面，吃得那叫一个通透。此时，酒已酣畅，菜已果腹，在绵绵醉意里，这样一道糊涂面，可以稍稍缓解部分醉酒者的酒意。当然了，总也有一部分借题发挥的人，他们不愿清醒，借着这碗糊涂面，醉话连篇，拽着等待晚归的人，弄得人无计可施，脑袋如灶，也扑腾着一碗糊涂面。

糊涂面是一道农家饭，发明它的人，是中国最朴实的农民。他们节约、勤劳，也智慧，每到青黄不接的年月，没什么好吃的，在一个漫长的午间，索性就找来玉米糁、甘薯条，先放在锅里一通乱炖。炖的时候，用瓢从面缸里舀出来些许小麦面，些许豆杂面，和在一起，小擀面杖一挥，三倒腾两不倒腾，一张面皮就擀就了。

把面皮裹在擀面杖上，用菜刀一刀下去分作两半，再根据自己的爱好，切成宽窄不等的面条。这时候，锅里的玉米糁和甘薯条已经噗噗地冒着香气，也已七成熟。放面入锅，再放一些干菜叶进去，再一通煮，不多时，用饭勺搅几下，一锅糊涂面就做好了。为了让糊涂面的香发挥到极致，还可以点上几滴麻油，整个屋子就飘满了"丰收"的气息。

糊涂面是最早的"一锅炖"。玉米糁、甘薯条、干菜叶、杂面，单单是拆开这些食材来看，哪一个都不会太出色，单吃其中一种，势必味同嚼蜡，然而，把它们组合起来，成为一个食材的"集团军"，味道就大不同了。这是美食的抱团哲学。分崩离析，势必寡淡，成为组合拳，定能提振你疲软的味蕾。

糊涂面诞生在中国北方，这一带，是面粉的主产区，寥廓的平原、丰腴的粮食、充足的阳光、勤劳的人们，为制作糊涂面提供了天时、地利、人和。这一区域里的人，也格外依赖这一片土地上的作物，他们只对自己故乡的粮食作物吃得惯，吃得顺嘴，吃得养胃，吃得暖心。郑板桥说："难得糊涂。"此时的糊涂，哪里是头脑发昏，而是低调、隐忍、踏实，像极了大平原上低沉着的谷穗。

吃糊涂面的人可不糊涂。没有山珍海味，他们懂得利用现有的食材，把看似单调粗寡的食物做得活色生香，把每一种食材的价值发挥到最大化。这又像极了穿行在农耕文明里的人们，男耕女织，把贫瘠的土地、简陋的生存条件，用自己的爱心打磨得锃光瓦亮。于是，远远望去，大平原腹地上的村庄，炊烟袅袅，阡陌相通，鸡犬相闻，黄发垂髫，怡然自乐。

　　美食的主体看似是食材，其实，是人。没有烹调食物的人，食材定将寥落一生。说白了，还是人赋予了食材以灵气，进而，食材才给了人以底气。所以，食物的哲学，有时候也是人生的哲学。

看护田野的少年

在旧时的乡村，我曾是个看护田野的少年。在故乡的秋天里，寒霜落下，草木凋敝，那些农人收获后的田野，总有一些让人意想不到的收获。

在放倒的玉米秸秆上，没有被农人发现的小小玉米棒子，裹挟在玉米叶深处，嫩嫩的，发出一种怯怯的绿。在玉米秸秆的怀里，它发着热，对这个季节持有最后一丝怀念的温度。这样的玉米，多半是嫩嫩的。在地上扒开一条"长沟"，把玉米和衣（不要剥皮）放在长沟上，用附近的衰草和玉米叶烧。烧到差不多的时候，用干土把玉米连同火苗一起掩埋，看着土里冒出来的烟气，闻着玉米的熟香，约莫十分钟，就可以扒出来吃了。这样的玉米，吃起来，有着一种原生态的香。

除却烧玉米棒子，几乎每一个在农村生活过的少年，都有过烧红薯窑的经历。故乡的田野多土窑，那是大人们的用以烧制砖瓦的地方，烈火烧红了土壤，烈焰让人望而生畏，不适宜小孩子靠近，但又心生好奇，怎么办呢？还是从秋收后的田野里刨出来一些红薯吧，这些红薯都是别人家已经犁过的，没有找干净。我们顺着田垄去找，遇见一处在土里露头的绿秧苗，迅速拉出来，肯定有几个红薯蛋子，也不乏大一些的。食材找到了，照例在地上扒出来一条长沟，比烧制玉米的稍稍窄一些，前面要留好烟囱，把红薯放在上面（最好是长条的红薯，易熟）后，点火来烧。这种长沟被我们称为"红薯窑"。烧红薯，要用稍微有质感一些的柴火，通常使用的是一些植物的茎秆，这样火力耐久，最能催生红薯的香。烧红薯也要焖火，与烧玉米不同的是，掩埋的土要直接用"窑壁"的热土，不然，红薯熟得也不彻底。其实，不太熟的红薯也不错，脆甜可口，嘎吱嘎吱，吃起来，很有趣，有一种韵律感在口舌之间躁动。

当然，秋末的田野，吃火燎豆也是个不错的主意。直接用豆秸生火，点着之后，佐以附近一些焦枯的玉米叶，不能用衰草，以防止草汁里的苦会随着火舌渗透到豆粒中。穿过历史的烟云，在三国时期的皖北大地上，也曾有这样两位兄弟用"煮豆燃豆萁"来比喻同室操戈、兄弟相残，其实，他们掺杂了太多的情感主义色彩。在皖北，火燎豆就要用豆秸，这样豆粒才香甜，这多少有些"原汤化原食"的意思。

秋后的皖北平原，一望无垠，偶尔有一两处村庄跳出来，像是一头怪兽。若是你在下午来到这里，远远望去，田垄上，会突然冒出一缕细细的烟，细嗅，还有草木燃烧的香气，那肯定是乡间少年在找食"野味"了。朴实善良的农人明知道会有少年来自家地里寻找遗漏下来的玉米、红薯、豆子，可他们仍会故意剩下来一些，给孩子们制造惊喜。所以，秋天一到，皖北少年身上多有一种火燎的味道，这是一种野野的香。

是的，早些年在故乡成长的我，也不例外。如今依然在回味，会抽空驱车返乡和小孩子们在秋后的田野上觅食。我一直觉得，自己永远都是个看护田野的少年，用脚步、眼睛、嘴巴，也用心灵。

请你吃故乡的炊烟

　　离开家乡的时候，我总爱做梦。熟悉的村落，树端开着熟悉的泡桐花；总是容易饿的我，总把故乡的袅袅炊烟一块块扯下来，棉花糖一样吃下，那感觉，竟然丝毫不呛人，是甜丝丝的……

　　这是我离家多年，在外求学时常常爱做的梦。那时候，我生活简朴，自知家庭条件也不怎么好，课余，喜欢泡在网吧里，顶着鼎沸的游戏声和难耐的烟味，写一些自己喜欢的文字，零零星星收获一些稿酬，当作生活费。稿费发得还算可以，却舍不得花，吃得算是饥一顿饱一顿，每晚梦回，总是饥饿得像一头怪兽。

　　后来，我有了一份稳定的工作，收入自然固定，每年也能出版两三本散文集，这算是额外收入。但，每每出差在外，超过五天，依然会做同样的梦，我在撕扯梦里的炊烟，甘之若饴地吃着，醒来的时候，连自己都觉得莫名其妙。

我渐渐想通了，这是故乡派出的使者——炊烟在召唤我回家。我的还乡梦总是这样容易做，我是个恋旧的人。用乡人的一句话说，我还算得上是一个"有良心的孩子"。

从食材上来看，故乡的炊烟是不能吃的，倒是可以用心来嗅：谁家烧的是麦秸，谁家烧的是豆秸，谁家烧的是玉米秸，或是劈柴，是槐树还是楝树，是柳树还是泡桐树，我都能闻得出来。那些随着炊烟一起飘出来的，还是馒头的香，裹挟着皖北平原上土地的气息；红薯的甜，夹杂着乡人纯情善良的糖分；辣椒、茄子的鲜，清纯得一如故乡孩童的瞳孔；豇豆粥的醇厚，鼓噪着这片神奇土地上谷物的殷实……

故乡的炊烟里，总是写满如许多的内容。

朋友是个画家，他喜欢画皖北的村落，铅灰色的村落，树木疏影横斜；村口守望的老者，伫立如佛；红砖青瓦，调剂着故乡的色调……临了，他总不忘在画的上端潇洒地描上几缕炊烟。他说，有了炊烟，故乡就有了魂，炊烟是另一条回家的路，是远归的人另一种精神食粮。

171

是的，故乡炊烟里寄寓的不只是草木灰之类的燃烧物，还有人故乡人忧心如焚的等待，远行的人们如饥似渴的期盼。炊烟，在一定程度上，还是纽带，牵系着走出与坚守的两群人。

　　诗人说，炊烟是大地写给天空的信笺。苍茫天地间，如此漫长的一张信纸，故乡屋宇上林立的烟囱，像一支支笔，日复一日、年复一年地写着浓浓的乡愁，多么温馨浪漫的场景。可是，如今，越来越多的人不写信了，越来越多的村庄也放下了自己的"笔"——现如今，就连农村也用上了煤气、沼气。工业化王国的霸权已经伸展到了乡村的领地，也许在若干年后，炊烟只能退居到词典里去了，膝下的孩童再次念及这个词，陌生得近乎可以硌伤我们的记忆。

　　如果可以，趁现在，常回故乡，到生我们养我们的那个小村子里，晨昏之时，帮家人烧烧土灶，用炊烟，在故乡，写一封别样的信。

秋雨咸米粥

季节入秋，偏又多雨。雨一到秋分前后，像醉汉口中的话语，分外多。

人一到仲秋，分外懒，逢着雨天，不想出门，只做两件事：睡和吃。

睡是用来抵抗连阴雨的苦闷，吃亦如此。

午饭时间，从家里拾掇出一些菜叶，半瓢白米，淘洗干净，放在锅里煮，扑腾扑腾的煮粥声，与窗外滴滴答答的雨声，交织在一起，屋内屋外，一片闲谧。

闲来煮粥，是乡人的嗜好。难得一个闲日子，秋收之后，家里有的是米面和青菜，食材齐备，遭遇连阴雨也不愁，和衣到厨房里，煮上一份咸米粥，吃出暖意融融，也是一件乐事。

国人并没有过多地把"阴雨天"和"吃粥"两件事

用科学的方法解释出来，或许他们认为，凡事非要弄个明白，就没有什么意思了。日本人偏爱干这事儿，据英国《每日邮报》报道，日本一家医科大学的研究小组通过研究发现，常吃米饭有助于改善睡眠质量，吃粥则能化解愁绪。

我们惊呼一声"原来如此"之后，又发现这群人真没劲。不懂得"难得糊涂"，不解乡下人的浪漫，他们其实是故意迷迷糊糊的，像一碗粥一样去过日子，用一碗粥的绵密去抵抗岁月的寡淡。

秋风一来，气温就凉了，再加上个雨天，人就懒得动。

咸米粥是懒人粥，乡下人难得做一次懒人，这样一份懒，交给吃喝，足以体现出朴实的乡下人对胃口的不讲究。这是几千年来传下来的习惯，面朝黄土背朝天的乡下人，在土地上忙碌了一辈子，全是与食材打交道，而自己吃的却不怎么考究。

我母亲是一位勤劳朴实的农村妇女，她又是亿万个不讲究的农村妇女当中较为讲究的一个，每逢煮咸米粥的日子，她总会尽可能煮出精彩来，放一些胡萝卜丁，如果碰巧，还有从外婆家里拿来的一些咸肉，切成肉丁放进去，一碗粥——白、青、红、褐皆有。粥煮好了，再佐以事先做好的酱豆或者小咸菜，日子就这样在母亲的一碗粥里变得活色生香。

母亲也知道，在贫瘠的岁月，她身小力薄，也没有太高的文化水平，能做的，就是尽可能让一碗粥丰盛起来。用一碗咸米粥的香，来抵抗秋雨中的愁绪；用一碗粥的绵，来强化贫瘠岁月的信念。仅此而已，然而又何其了得！

瓦壶天水菊花茶

　　欧阳修在皖北小城亳州任知州的时候，曾在这里种过菊花。

　　秋来的时候，他呼朋唤友，开轩面场圃，煮茶论道，讲老庄，论华祖，好不逍遥快活。据说，欧阳修非常喜欢这里的菊花茶，离开亳州之后，每到重阳，还央人前来购买。他说，移栽的菊花，完全没有当年的味道。

　　菊花，要在檐下风干，表面上看去，有一种枯败感，但沸水会给它第二次生命。这样的菊，不用硫黄熏制，颜色上，有些半老徐娘的感觉，味道上，却是豆蔻少女。这样一种枯黄的气息，有种高僧的感觉，瘦骨嶙峋，却极为精进，是得道后的矍铄与清醒。

　　人在土地上降生，到头来，还是喜欢依赖土地上的作物。吃的是粮食作物，喝的是山峦之间的香茶。菊花茶虽然不产在山峦，却是广袤平原上连绵生长的一种有气节

176

的花朵，一朵就是一缕香魂。制作瓦壶的材料，来自大地上的土，塑型之后，用烈火烧制，烈火的原材料是地上生长的木材，或是土地怀里的煤炭。天水呢，在雨雪来时所接，无根之水，清冽可口，也是土地上的流水升华到空中，在天上"镀金"之后而返，气质上，当然也不同了。

难怪在多年前，郑板桥要拿这样一联赠友人："白菜青盐糙米饭，瓦壶天水菊花茶。"两句话中，没有一丝花红柳绿的气息，一片寡白色，这说的是清贫寡淡吗？我觉得不是，这在陈述的是一种境界，糙米白菜，嚼到舌根甘甜；瓦壶菊花，瓦壶是泥做的骨肉，菊花是泥生的精灵，自然素雅，一派古拙气息。

瓦壶、菊花今还在。皖地多雏菊，秋来遍地是香阵。只是恐怕，天水就让人不敢苟同了，污染太严重，雾霾与风尘，让如今的天水碜了牙，喝上一口，都是PM2.5的浓稠。

少了一脉天水，山泉水还是可以替代的，况且这样的水流更接地气，更能收纳土地上的灵性。在干燥的秋日，不妨采菊东篱下，洗壶活泉中，院落里，阳光正好，石桌石几静默如禅，三五知己对坐，煮水泡茶，话不话桑麻都无所谓了。年华辗转至秋，一壶菊花茶，滤去我们心头的焦躁，如此"洗心"，何处去寻？

细 雨 在 怀

　　秋雨给古城亳州罩上了一只水做的斗笠。

　　这样的秋日，举手皆是湿漉漉的，穿凉鞋走在明清老街的石板路上，有凉意透过鞋底钻进肌肤，这是一股新凉。在淡淡的秋风里，眼前所见，俨然有了江南的韵味。

　　在这样的细雨里，不打伞在街巷里穿行，扑面、满怀都是细小的雨滴，被梳子梳理过了一样，柔柔地冲进我们怀里，像一个个娇气的孩子。不凛冽，不凄冷，还能嗅到一股恋恋不舍的夏天温度。

　　在这样的细雨里，想起骆一禾的诗句：

　　　　人生呀，人生
　　　　落叶追逐着落叶

雨点敲打着雨点

这样读着，望一眼老街的灰瓦，还有铅灰色的天际，触目可及，有了铅笔画的意味。前方有一处老墙，一枝摇摇欲坠的柿子探出来，像一群顽皮的孩童，在指端"打滴溜儿"，红彤彤的脸蛋透着稚嫩的气息，心里一下子明快起来。

走在老街上，旁边一家小馆儿正冒着香气，水蒸气冲出屋檐，与雨幕打了一个照面，迅即就消失了，又被新的水蒸气所代替。锅里，正咕嘟咕嘟地炖着干豆角，这样的干豆角烧肉，淡淡地飘出"母亲制造"的味道来。

是的，这样的仲秋，多适合吃干豆角烧肉。盛夏的干豆角在烈日下沥干了水分，皮包着豆，豆与豆之间，豆角皮纤细得像小蛮的腰身。这样的豆角在热水里浸泡一个时辰，和肉在一起炖，特别下饭，吃得一屋子春意融融。

记忆里，无数个这样的秋月，母亲就是用干豆角来打发一家人的口粮，那时候，没有肉，母亲把干豆角洗净，在笼屉上蒸，然后我们兄妹几个抓起一把来，当作主食吃，也当成零食吃，有着一种别样的果实的香。

那时候，尽管我和妹妹都还年幼，一家人蜗居在皖北平原上一个名叫"胡马"的村子里，可那也算是人生的"秋天"。我们过早地尝到这样一重"秋味"，之后的每一个光景都可以看成是渐入佳境。

特意在老街的这家小餐馆叫上一份干豆角烧肉，干豆角吸纳了夏日的灵气，本身裹挟了时光的味道。再追及那段往事，便吃得嘴角有了笑意，浑身充满了力量。饭毕，复回到雨地里，细雨依然是细雨，落在怀里，一层薄凉加上一层秋意。这时候，再想起骆一禾的诗，想起这位从小在淮河平原接受教育的诗人，是不是淮河平原上的秋雨晕染了他的这样一颗诗心呢？或许是，反复回味这样一段诗句：

> 人生呀，人生
> 落叶追逐着落叶
> 雨点敲打着雨点

心怀里的雨，竟然有了些许酥润的味道。秋分不寒，鞋底与石板路吱吱地纠缠着，渐行渐远。

180

一杯老茶送秋风

秋风一吹，是该清理一下茶罐了。

在这个时候，许多人喜欢换一些暖身的新茶来，以抵御铺天盖地的寒气。殊不知，秋天是一年中最燥的时候，还不能吃一些较暖的美食，也不宜喝红茶。春捂秋冻，这时候，还是拿出去年或几个月前的茶根儿来，泡上一杯，在举目秋风里，降出身体的些许燥气，给自己一个好脾胃，也给自己一个好脾气。

脑海里闪过一句话："老茶似故人。"从来佳茗似佳人，佳茗老了，便是故人。故人最懂你的心，老茶最懂你的肠胃。懂你心的人什么时候我们都欢迎，懂你胃的茶我们什么时候都不拒。在漫天的秋风里，若逢风沙或雾霾，户外没法活动，不妨蜗在书房里，泡上一杯老茶，端着一本书，直看到心里一片清朗。若偏巧是一本美食书，那就更好了。

当下，正秋风，我手里捧着的是资深美食作家巴陵先生的《一箪食，一瓢饮，四方味好》。巴陵先生凡有闲暇，就要出行，只为极尽华夏美食。巴陵的笔锋，也有着秋风一般的酣畅，所写美食又有着老茶一样的悠远。读之品之，心灵的雾霾逐渐淡开，如洗笔池里，墨汁氤氲。

有一种小类茶，叫"普洱老茶头"，普洱原本已经是陈的好，再加之老茶头，开瓶望之，如老树嶙峋，古拙森然，看起来就有些许禅意。这种茶，也适宜在秋风里吃。这种茶，可以清神明目，吃起来，神清气爽。

也曾见人把普洱老茶头抓上一小撮，放在冰箱里，祛除异味效果最好。这可不是今人的专利，远在北宋时期，就有人这么干过。蔡襄说："（普洱老茶头）喜清凉而恶蒸郁。喜清独而忌香臭。"明人闻龙也说："茶性淫，易于染着。区论腥秽有气之物。不得与之近。即名香亦不宜相襟。"

茶是善于"藏污纳垢"的一种东西，只不过，茶吞纳污浊，是为了还原人以净气，这种吞纳，也是一种奉献。想起少年时，父亲每每吃过了蒜，都要嚼几片茶叶在嘴里，说这样能够消除异味。毛泽东南征北战，没事的时候，也会干吃一些茶叶，这是他的嗜好。至于为什么，人们不知。我猜，是为了减压提神吧。

秋日品老茶，也宜观丰子恺的画。老茶清朗浩荡，丰子恺的画清风明月，两者是适宜混搭的，在灵魂上，两者香飘一脉，最宜解秋燥，也最宜消解人心的繁芜和躁动。

如此说来，老茶好似减压阀，也是一杯镇静剂了。秋来且吃，不管是秋雨绵绵，还是长风过境，一杯暖茶吃罢：寥廓的霜天、扑面的严寒——我来了！

曾国藩为何念念不忘黄芽菜

　　黄芽菜，也就相当于老百姓餐桌上的"黄心白"吧。这种白菜极为高产，且容易储存，在曾国藩的故乡多有种植，曾国藩也十分爱吃。

　　曾国藩到京城做官之后，多次在家书中提及黄芽菜。

　　1841 年（道光二十一年），他专门抢在黄芽菜播种之前，给老父亲写信："七月初二发第十号，内有黄芽白菜子，不知俱已收到否？"（《与父亲书》）

　　单单是邮寄种子还不算，曾国藩还不失时机地惦记着黄芽菜的长势如何。1842 年（道光二十二年）农历九月十八日，曾国藩修书一封给其弟弟说："频年寄黄芽白菜子，家中种之，好否？……信来并祈详示。（《与诸弟书》）"

184

三年后，我们再次可以从曾国藩的家书中找到黄芽菜的影子。1845 年（道光二十五年），因为操劳公务，曾国藩忘记按时邮寄出黄芽菜种子给家里，后悔不迭地给其叔父写信说："今年七月忘付黄芽白菜子，八月底寄出，已无及矣。（《与叔父书》）"

　　此后，似乎每年曾国藩都要往老家邮寄黄芽菜种子，不失时机地打探黄芽菜的长势和收成，乐此不疲。

　　1846 年（道光二十六年）农历七月初三《与父母书》中有这样的句子："兹寄回黄芽白菜子一包，求查收。"

　　1848 年（道光二十八年）农历六月十七日《与诸弟书》中这样记述："五月二十四日发第八号家信，由任梅谱手寄去。高丽参二两，回生丸一颗，眼药数种，膏药四百余张，并白菜、大茄种，用大木匣（即去年寄镜来京之匣）盛好寄回，不知收到否？"

　　谁不知道，这时候的曾国藩已经权倾朝野，别说是点黄芽菜，家里什么菜吃不到？什么样的山珍海味没有？他一连多次修书家里，邮寄黄芽菜的种子，难道家里就不会留种？曾国藩为何对几棵黄芽菜念念不忘？

　　转念一想，不难发现，所谓黄芽菜，只不过是曾国藩修书的一个"绝佳借口"而已。借由"黄芽菜"，曾国藩可以频频打探故乡的消息，知晓父母亲人的近况，这是为人子、为人兄的曾国藩心系故乡和家人的缘故。也许曾国藩公务这么忙，频繁写信父母要责怪他，也许会叮嘱他要以国事为重，曾国藩巧妙借助"黄芽菜"传达了浓浓的亲情。原来，曾国藩看似反复唠叨白菜子，实则念念不忘家里人。

辑四

冬

立冬的那顿回锅肉

榆木先生画
丙申年新春

1988 年立冬的那顿回锅肉

近读李白的《立冬》，尤为惊异，这样潇洒豪迈的人也有慵懒之作：冻笔新诗懒写，寒炉美酒时温。醉看墨花月白，恍疑雪满前村。

岁至寒冬，连李白这样才思如泉涌的人也懒得动笔了，去望时，砚台上已然结冰，还写什么新诗？不如携一团炉火，温酒取暖，直喝到夜半时分。醉眼蒙眬时，看窗外，花已焦枯发黑，月煞白一片，这样的月色，即便是没有雪，也让人怀疑是落了雪，把整个村子都埋在一片银白里。

每临立冬，我遂想起 1988 年的那顿回锅肉。那时候，父亲在一个行政村大队部开着诊所，勉强维持度日。乡人们的日子过得都很捉襟见肘，看病赊账者不止一人，卖出去的药，收不回钱，父亲只得围着一条围脖，穿着一件军大衣，挨家去收。尽管上门收账，但很多次，父亲是常空着手回来。

那一天，父亲顶着一头雪花讨账回来，手里提溜着一块肥瘦适中的猪肉。到堂屋里，他兴高采烈地往母亲眼前一晃说，看，今天有肉，赶紧收拾做了吧。原来，病号是个屠夫，没有给钱，直接用猪肉抵了药钱。

我是跟着母亲到厨房的，在这块红白相间的猪肉没有飘香以前，我的口水早已打湿了褂襟。父亲拍拍我的头说，小馋鬼，我们还是去够些柴火吧。我屁颠屁颠地跟了过去。

母亲做的是回锅肉，肉切成片儿，洋葱少许，从废旧水槽里（父亲填了土，把水槽当成了菜畦）拔了几棵黄蔫蔫的蒜苗，切段放进去。依稀记得那顿饭，母亲放了不少酱油，颜色好看，满屋子都是香味。

皖北这片地方，立冬易雪，多连绵数日。雪似一顶顶盖头，覆在大树一些没有落尽的叶子上。我跟着父亲在枯死的树干上够柴火，竹竿上方，绑着一只铁钩子，手起柴落，嗑啪——嗑啪——对这样的枯枝折断声，我曾一度翻译成"可怕"，把父亲乐得呵呵笑。多年以后，父亲还拿这句"可怕"说事儿。

冬天的柴，干得很，在锅灶里嘶嘶地吐着火舌。父亲烧着锅，我在一旁暖着手，烤着火，脸颊很快暖意融融，不多时，也能闻到回锅肉的香了。

母亲做的回锅肉，肉皮脆，肥肉不腻，瘦肉很香。那一年，我才六岁，一个人吃了三个拳头大的馒头，这事，说给多人听，大家都在怀疑是我记错了。我确实没有记错，因为，整个下午，直至晚上，我的饱嗝儿里还有回锅肉中酱油的味道。

这事儿一晃已然二十余年。此后的日子里，我吃了无数次回锅肉，都没有那次的香。可能那次是"久旱逢甘霖"的解馋，也可能是往后的养猪人给猪仔喂了太多的添加剂，总之，今肉不似那年香。

想起那年回锅肉的香，我曾一度埋怨自己不会画画，不能把当年父亲要账、够柴，母亲做肉，我饕餮的整个过程给画下来。还有那年的那个雪夜，我们够下来没有烧的干柴，被大雪冻得咧开了嘴。

杯盘草草灯火昏

立冬了，走在大街上，敞开的大衣需要系扣了。

这样的午后，无事可做，读一本书，吃一杯茶，吃出了醉意，邀两三知己，对坐而饮，最好是在家里，炒上几碟可口小菜，温一壶酒，一屋子酒肴之香，满肚子的话都掏空，发霉的秘密翻出了鱼肚白。这时候，再看桌前，杯盘草草，灯芯也燃得慵懒了，话聊得差不多了，拍拍身上的花生壳，走出门去，无须相送。户外，人迹霜寒，新月如水。

这样的情境，这样的氛围，融洽之至，因人而"异"，因人而"宜"，错了人，就吃不出味道来，掀不起高潮来。总之，能把桌上杯盘吃得如此"草草"，非一般关系人所能为。

梁实秋在《酒人酒事》里这样写道："雪后晴日，温冬酒一壶，卤肉、糟鱼为佐，临窗独酌，闲看顽童呵手堆雪人，不觉日昏，而酒已尽矣。"这样的天气，这样的醉，这样的不设防，想必也一定是杯盘草草了。此时的"草"，草得那么真实，那么惬意。

如今的饭局，能把一桌酒席吃得春意融融的不多见了，尤其是在冬日。搞不好，饭局就成了冷战场。也许在言语上，彼此互相吹捧，其实，心底里不知道用怎样的词汇来评价对方。话不投机半句多，也许同一遭宴席上的人，脾气不合，志趣不投，索性就不说话了。这样一来，桌上纵是鲍鱼海参，也吃得索然寡味。若是遇见谁，口无遮拦，说错了话，得罪了人，那就得不偿失了。因此，饭局有风险，入席须谨慎。

邀三五知己，围炉夜话。这是古代文人贤士的风雅。红泥小火炉，盈盈地烧着，酒温到恰好，两颊绯红，不知是酒意，还是炉中的暖意。总之，目之所及，举箸所食，都是暖烘烘的，吃得人不想散席，聊得人不愿离开，怎一个"妙"字了得！

"晚来天欲雪，能饮一杯无？"在我看来，这不像是在写古人，而是在写今人。窗外，天锁彤云，阴冷阴冷，你拿起手机，拨通一串熟悉的号码说："要下雪了，我们喝一杯吧！"寥寥十个字，让人身临其境。

"草草杯盘共笑语，昏昏灯火话平生。"这原本说的是久别重逢，多少有些悲怆的意味。把它剔出来，单读这句，又别有一番情致在，风向立马就转了，现场温度瞬间就升了。何惧杯盘草草，酒肴吃尽，内心愈加清明起来。

北风萧瑟屠苏酒

犹记得上个世纪八十年代的一个冬日，第一场雪刚下，父亲就开始劈柴生火，把炉子生起来，然后从药橱里拿出一些零碎的药材，从厨房里拿出一大把花椒，还有酒，放在一起，在炉火上熬煮。约莫半小时后，母亲做的辣白菜也好了。父亲给我倒了一碗底方才熬制的那种药酒，让我喝下，直喝得我出了一身好汗。我至今能想起喝那种酒的感觉，如同一条火一样的瀑布从喉头直倾胃部，那叫一个热！浑身萎缩的细胞，都被这样一口酒给唤醒了。

后来，父亲告诉我，这是屠苏酒，能御风寒。

屠苏酒是神医华佗创制的。华佗与我同乡，也是安徽亳州人。据历史记载，东汉末年，皖北一带地区奇冷。那时候，人们的居住条件普遍不怎么好，很多人还都住在茅草屋里，多易受风寒。为了御寒，华佗用花椒、大黄、白术、桂枝、防风等药材泡酒，在春节时供人饮用，以驱除三九严冬之后躲在人体内的寒气。据说，此酒还能除瘟疫。

这应该是唯一一种准许小孩子喝的酒，也是古时候小孩子必须喝的酒，更是在饮食顺序上提倡"先孩子后老人"的酒。唐朝人韩鄂所著的《岁华纪丽》有这样一段关于屠苏酒的描述："屠苏酒，屠，割也，苏，腐也。言割腐草为药也。晋海西令问（北魏）议郎董勋曰：正月饮酒，先小者，何也？勋曰：小者得岁，故先贺之。老者失岁，故后也。"足见，那时候的人们对屠苏酒视若珍宝，老人们都不舍得喝，要留给自己的儿孙。

屠苏酒也算是一种保健酒了，能够活络筋骨，疏通气脉。文学家苏辙也曾写有关于屠苏酒的诗句："年年最后饮屠苏，不觉年来七十余。"古人云："人到七十古来稀"，苏辙七十多岁身体仍健朗，应该说与常饮屠苏酒不无关系。

据老辈人说，旧时的街铺，沿街卖的都有屠苏酒，这种酒通体泛红，乍一看，像是樱桃酒，很是好看。眼下，北风又萧瑟，走在街上，冷风直往裤管里钻，在街面上寻遍也见不着屠苏酒的影子。不知道什么时候，屠苏酒慢慢淡出"江湖",渐行渐远,只有在极少数药铺才能买到它。什么原因呢?一位长者说,很简单,现代人对药都有恐惧症,凡是和药搭界的东西,人们多数敬而远之,相反,一些休闲饮品反倒越来越受人青睐。任何事物被遗忘抑或消亡,都不单单是一种原因。我们不妨转念想一想,屠苏酒的消失,是不是与人们居住条件的改善和气温的逐渐上升有些关系呢?不过,我宁愿相信,祸根还是人们对传统文化的不重视!

不 时 不 食

子曰：不时，不食。

这话说得言简意赅，多在理！

春节前夕，有同事吃酒席回来，说肚子不舒服，有翻江倒海之势。我问同事，吃的是什么？同事答：吃的是西瓜、豆角、西红柿……饭后，吃了一支冰淇淋。

一句话，朋友的话说出来，我突然觉得有一股温室大棚的味道。反季节的食物，逆时而生，不遵循自然法则，长此以往，你想会有什么好结果？

在冬天，就应该吃大白菜、萝卜。豆角、茄子，尽管是"俏菜"，但也可能因"抄近道"而"走远路"，轻则肚子不舒服，重则身体有恙。

对于反季节蔬菜的抵触，古已有之。

据《汉书·召信臣传》记载："太官园种冬生葱、

韭菜茹，覆以屋庑，昼夜燃蕴火，待温气乃生。"当时，这种温室烧火种植的反季节蔬菜时兴过一阵子，后被东汉安帝刘祜知道了，认为这是"不时之物"，恐吃下对人身体无益，于是下令废止。

不止刘祜，还有李世民。

《资治通鉴》卷一百九十八记载："庚辰，过易州境，司马陈元璹使民于地室蓄火种蔬而进之。上恶其谄，免元璹官。"

这位陈元璹也真够倒霉的，为了讨好拍马屁，不料拍到了马蹄子上，把官职也搞丢了。

天给什么，我们就吃什么。这是安享自然界的恩赐。所以说，什么时间吃什么东西，这是上天注定的，你非要与天斗，无异于以卵击石。多少年前，老子就说要道法自然，你若非要"不自然"，身体自然会给你个样子看看。这个"样"，其实也就是"恙"呀！

吃茶把串的冬日

冬天无趣，人心有趣。

茫茫天地间，除了冬青幽幽地在室内吐着绿，松柏也绿得不那么自在，若是再干燥无雪，就一点儿冬天的味道也没有了。闲下来的时光，干什么呢？若在上个世纪七八十年代，最适宜的是生儿育女，今非昔比，人们更懂得享乐子，找乐子。

冷，且吃茶去。男人泡上一杯普洱，女人泡上一杯大红袍，或悠闲地嗑着瓜子，或不停地把玩手里的一副手串儿，实为雅玩。

茶香四溢，人心微暖。身体的温度，最适宜传达给木头，也只有在冬天，人才格外愿意与草木亲近。不管是茶，还是手串，都是草木呀。

人畏冷，草木以蔽寒。远古时期，老祖先传下来的习惯，不管是树叶蔽体，还是木屋蔽寒，都沾了草木的光。

手串可以是沉香。干燥的冬日，人的嗅觉迟缓，沉香的馥郁可以唤醒人嗅觉的疲软，把玩之间，手指含香。洗上两三遍，还有淡淡的木香，自然淡然，十分舒适。

当然也可以是紫檀。最好是小叶紫檀，这种颗粒小的木头，懂行的人都知道，要摩挲顺纹的，最好还要带金星。小叶紫檀在手里稍稍揉搓把玩，手心里玄机汗津津的，给人带来一重暖意。这亲人的珠子，真懂得投桃报李。

菩提子也是好东西。这种可以清心的斑斑点点，带给人一种隐忍的禅意。握在手中，人心就凝聚了静气，万事不惊，宠辱皆忘，世界喧嚣，我自清心寡欲，与俗人相比，我内心的境界又高了一层，登上了新的台阶。

人冷就需要穿衣，手串也要穿衣，包浆就是它们的衣服。有了包浆的手串，更有利于观瞻，有易于保存，升值空间也就越高。

自古说，禅茶一味。冬日喝茶，大雅之事，也裨益身心。把串儿，最早是出家人的事儿，念珠可不就是最早的手串儿。木头这东西，大智若愚，似乎有叫人蓦然顿感的道理。面对欲望，面对纷扰，干吗非要做一只钻营的铁钉，顶得头破血流？何不做一块木头，低调一些，无公害一些，静默隐忍一些，所有人都喜欢与你亲近，所有人都渴望把你带在身边。奇货可居嘛！

　　吃茶把串儿的冬日，在明亮的阳光里，还能带给人一些心灵的思索。如此甚好！

洞 子 货

　　我长到十几岁的时候，父亲开的诊所逐渐有了些起色，餐桌上的吃食也跟着"由阴转晴"。雪落的时候，若有客人来，兴许桌面上还有盘凉调豆角。

　　大冬天，吃上一份凉调豆角，这可是稀罕物，在皖北，被人称为"俏菜"，"俏皮"的"俏"，少之又少，才是"俏"嘛。

　　印象中，那天来的客人来自远方的村子，也是个赤脚医生。谈话之间，得知他还伺候一个精神不正常的媳妇，生活窘迫，可见一斑。那顿饭，那盘豆角，我们都没怎么吃，全给他干掉了。饭毕，他抹了一把嘴，意犹未尽。

　　冬天怎么会有豆角呢？后来，我才知道有"温室大棚"一说，才知道什么是反季节蔬菜。又后来，我负责编辑一本养生刊物，采访一位老中医时得知，一切反季节的东西，都是不遵循事物的本原规律，长期吃下去，对身体无益。什么时候吃什么，那是上天的意思，每一季节都有它的精神。这精神体现在草木上，也走到人的身体里，反着来，会打乱身体的气场。

再后来，我读《汪曾祺谈吃》。汪先生把这种反季节蔬菜称为"洞子货"，多形象！顾名思义，洞子里产的，大自然的阳光雨露肯定亏欠了不少，一块塑料大棚，欺骗了蔬菜。它们上当了，一旦走出大棚，发现"天地"大变，内心能不寥落吗？

蔬菜的心都萎了，你再吃它，能得好吗？

所以，冬天，远离"洞子货"。

皖 北 粉 丝

初冬的风冷得能把小娃子的鼻涕冻住的时候，我遂想起粉丝来。

那时候，我还是小娃子，皱着脸，在村子里疯跑。院子里的木棍上，提溜着一个个重约五十斤的粉坨，这些，都是深秋的时候，用地里刚犁出来的红薯打碎、沉淀后做成的。

父亲最害怕我们在粉坨下嬉戏。初冬的冷很可能把兜住粉坨的绳子冻脆，万一调皮的我们碰断了绳子，被掉下来的粉坨砸住了，可就了不得。

粉坨干的时候，被卸下来，放在院子里，我常常伸手去捏粉坨上的粉，滑腻腻的，很好玩。父亲当然知道这样下去不是办法，索性把这些粉坨拉到村子东头的作坊里，交给做细粉的师傅，一天工夫，就变成了粉丝。

做粉丝的工序十分简单。先把那些粉坨敲碎，用水和成糊状，再烧开一锅开水，锅上吊着一只漏瓢，瓢底钻着檀香大小的小孔，把事先和好的粉糊挖到漏瓢里，不停地摇晃，那些粉糊就婀娜地成线状，落到沸腾的锅里。旁边专门有人用大竹筷子一炒，放到凉水里，就可以上杆子了。

这些粉丝被用剪刀剪成一米长左右，搭在杆子上，杆子两端系有小绳，挂在路边的粗绳子上晾晒。在阳光明媚的冬日，这成为乡村的一道独特风景。

做粉丝一定要等到上冻。凛冽的北风加上霜冻，能够让粉丝笔直且干爽，这样便易于储藏。一直可以吃到第二天春夏天。吃不了的，只要不变潮再放上一年，也不打紧。

一把粉丝可以有多种吃法。皖北乡下，最经典的要数粉丝煨萝卜和粉丝煨大白菜，这两样，均要用猪肉来打底，吃起来才香得酣畅。

在皖北，一户农家，一冬天若有几十斤粉丝，就不用发愁了。故而，有"粉丝上楼（码成一层层），今冬不愁"之说。

近些年，乡间做粉丝的人越来越少了。做粉丝很辛苦，且很冻手，通常几天做下来，手都冻得像两只气蛤蟆。现在的乡下人也不差两杆子粉丝钱，可是，想吃到地道的红薯粉丝，就难了。

现在市面上所售的粉丝，很少有纯正的红薯粉，多半是被硫黄熏过的，白亮好看，可是对身体无益。或是掺杂了一种胶，百煮不烂，嚼起来像是误把小姑娘扎头的皮筋咬到了嘴里，真可谓是"有嚼头，没吃头，落骂头"。上了年岁的人，吃了这种粉丝就要破口骂娘，骂娘又有何用，做假粉丝的人听不见，都被大风给刮跑了。长此以往，不光伤了胃，也伤了肝。

看来，吃食也是旧的好。一把粉丝，一冬美味。想吃得消停，还要亲自动手制作为好。可是，又有谁有这个功夫呢？换句话说，又有谁还愿吃得这份苦呢？

粉丝好吃真难做呀！

饺子是一种美食暴力

冬至，瞬间想起饺子。

饺子这样一种吃食，面皮儒雅，内心却肉丝汹涌，似一颗颗炮弹，一入喉舌，瞬间让你的味蕾缴械投降。所以，我一直说，饺子是一种美食暴力。

故乡有句话叫"好看不过嫂子，好吃不过饺子"。据说，这话与包拯有关。"好看不过嫂子"，很好理解，兄长娶妻，弟弟当然羡慕，怎么看嫂子怎么好看。在包拯的故乡合肥，嫂子被称为"嫂娘"，全应了包拯，他自幼丧母，是嫂子把他带大，并供养他成为国之栋梁。"好吃不过饺子"呢，据说，包拯的嫂子做的饺子特别好吃，韭菜馅儿、荠菜馅儿、猪肉馅儿，花样很多。历史记载，包拯是个威武的汉子，我想，这多少与吃他嫂娘包的饺子有关联。

饺子是美食的凝结。单单是包制饺子的过程，就能凝聚家庭和谐。和面、醒面、剁馅儿、切菜、调拌、擀皮儿、包制、码好，然后烧水，看一群肥硕的饺子，如白鹅入池。不多时，汤沸三滚儿，一碗饺子就出锅了。一家人围拢在一起，就着几个小菜，开瓶小酒，吃出暖意融融。

在故乡，饺子有荤素两种。荤的，包成元宝状，寓意吉祥如意；素的，包制成月牙状，被称为"扁食"。包制肉饺子稍显隆重，有一种聚会的仪式感，在旧时的皖北乡村，除非家里来了要客才会有。而扁食，就显得家常多了，闲暇无事，从菜畦割一把韭菜，从坛子里取出来些许麻叶，或是馓子，当然，也可用油渣，剁在一起，包制出来，皮就是主食，馅儿就是菜，一人一碗，吃开去，幸福感即刻满溢厅堂。

当然了，在故乡吃饺子，肉馅儿的居多。包饺子是一项浩繁的工程，制作工序复杂，乡村里，农活又多，不是逢着阴雨天，谁有闲心去包？于是，大凡包饺子，皆是肉馅儿，顺便打一打牙祭。亲戚朋友在一起，共尝美食，共话家长里短，一碗冬至饺子，瞬间吃出家的感觉。

起身的饺子，落身的面。犹记得那年外出求学，黎明时分，父母就起来了，父亲擀皮儿，母亲调馅儿。晨曦初上，我起床洗漱完毕，一碗饺子就在桌上冒着盈盈热气了。多年后，我还记得那碗饺子的样子，晶莹的皮，爽脆的馅儿，直击着我的味蕾，被我和泪吃下。再往后，吃过了多种饺子，都没有那早的味好。

忘了是谁说的，乡情就是一盘饺子，个中味道，只有我们自己知道。对于我来说，每每念及故乡，想起周边的人和事，总觉得故乡就是饺子皮，我们都是不同的馅儿，走得再远，也走不出这样一张"皮"。

腊　菜

腊菜是一种素菜，青绿色的阔叶，叶子较花，又名"花叶腊菜"。这种菜像是长疯了的野白菜，在身材上又比野白菜要修长一些。过了立冬，就要从田里把腊菜连根拔掉了，回到家里，先不洗，放在板车上晾晒两三天，然后去根洗净，码在缸里，一层层撒上盐，腌上一周左右，拿出来，挂在绳子上晾晒，约莫晾晒一周，就可以食用了。

小时候，我特别喜欢看母亲晒腊菜的情景。葱绿的腊菜，放在箔上来晾晒，秫秸箔的香特别好闻，腊菜的叶子特别好看，还发出一种湿润的香气。那时候的阳光真好，我捧着一本书，裹着父亲的大衣在太阳地里，看一会儿书就昏昏欲睡了。乡下人把这称为"晒暖"，也就是古人所说的"负日之暄"。只不过我晒暖的环境很讨喜，有腊菜在，满目葱绿，甚为悦人。

腌腊菜是皖北地区家家户户必有的吃食。有一句俚语用来形容这里人吃腊菜的情景："腊菜上了桌，一家人乐呵呵。"缘何这么高兴？一方面是因为腊菜的美味，另一方面是因为腊菜开胃，冬季又是需要进补的时令，胃口一开，身体就"发福"了。

腊菜的吃法有多种，可以直接炒黄豆来吃。黄豆要事先浸泡，和腊菜一起吃，黄豆蛋白的香，加上腊菜的鲜，吃起来，很能下饭。也可以用来煨肉，用腊菜打底，铺在碗底，以解肉腻，味道上也能渗透一些蔬菜的鲜香。

最好吃的要数猪耳腊菜。猪耳切成丝，腊菜也切成两毫米左右的细丝，佐以蒜苗，放在锅里爆炒，猪耳脆，腊菜鲜，蒜苗香，味道上可以形成一股小风暴，瞬间在你的味蕾上"摧枯拉朽"。

早间，猪耳是很贱的吃食。买不起猪肉的岁月，母亲会从村里的屠户那里买一些猪耳来，炒腊菜。八岁那年，我就能一口气吃下两个大馒头。这些，都是腊菜的功劳。

20岁那年，我到合肥上学。合肥很少有人吃腊菜，吃的多是雪里蕻。雪里蕻切成丝以后，较细一些，味道上也较为细腻，但不若腊菜的酣畅。估计和地域有关系，一方水土养一方人嘛。合肥在地域上靠南一些，人的心思较为细腻温婉，不若皖北的豪放粗犷。看来，吃食也在一定程度上左右着人的性格。

腊　肉

　　腊肉的发明初衷，到底与美味存在着多少关系？这里，还真不好说。我只能结合一个乡间少年的成长历程，把上个世纪八十年代到现在，所了解的腊肉说给大家听。

　　腊肉，顾名思义，就是腊月里开始做的肉食。其实不然，腊肉，其实名为腊（xī）肉，这个字的繁体字与腊肉的"腊"字是一个字，所以，才有了人们对腊肉望文生义的误读。

　　印象中的皖北乡村，一进冬月，村人就开始忙碌了，有养殖户，会宰一头猪，自家吃不完，分成小块卖给众邻。这些买回来的肉，留下待客之用，剩余部分（要求有肥有瘦），就用盐巴腌起来，过上一两天，用绳子系好，挂在外面的晾衣绳上去晾晒。三九寒冬，冰天雪地，单单是冻，也把肉里的水分给蒸发掉了，何况晴天以后还有太阳？

由于盐充分进入到肉里，这样制出来的腊肉易于保存，吃上个半年是不成问题的。然而，旧时的乡村，乡下人大都不甚富裕，做好的腊肉在腊月里还舍不得吃，要留到第二年开春以后，有一个特殊的日子，那就是"二月二"。

古人云："二月二，龙抬头。"在我们这些乡间少年的心里，不自觉就把这句顺口溜说成了"二月二，吃腊肉"。在皖北，腊肉的做法只有一种，那就是切成薄薄的小片儿，然后用鸡蛋和面成糊状，面糊调制好以后，把一片片腊肉放在面盆里，裹上一层面糊，放在沸油里炸。这样吃起来，很能解馋，也很下饭。

当然也可以煎，这样做出来的腊肉多了一丝韧性。也不那么油腻了，通常女孩子偏爱此种吃法。若说再有其他吃法，我所见到的只有隔壁女主人，她是四川嫁过来的，喜欢把腊肉切成片，放在大米饭上蒸食。这样蒸出来的腊肉，沥去了油脂，肉色还显得明晃晃的，冒着油，出的油多半被米饭吸收，丝毫不腻。一问才知道，这是她四川老家的吃食。后来，这种四川吃法，很快在村子里流行开来。再后来，我发现皖北许多地市也都这样吃过。不可否认，人员的流动，促进了吃食的融合和改进。但是，我最怀念的还是那种油炸吃法，那种解馋的感觉，最能勾起我对那对艰辛岁月的回味。

　　冬天做出来的腊肉，到了来年二月初二这一天，通常是一顿就吃完了，如果意犹未尽，想再吃，就要再等一年了。到了春天，做腊肉的条件就不成熟了。非要吃，除非放在冷库或冰箱里冻，可这样做出来的腊肉，味道上总让人觉得不够酣畅，似乎是缺少了严冬的历练，也缺少了岁月里的风烟之气。

咧嘴笑，开怀吃

林伯说："在冬天，做一个乡下人是幸福的。"

小时候，每每听到这句话，我就怀疑，乡下人有什么好？吃不到好的，穿不着时髦的，也领略不到城市的繁华与热闹……

林伯解释说："你小子太年轻，现在还不甚懂得，要吃还是家常饭，要穿还是粗布衣。况且，守着一方土地，秋收见的粮食，还有各种时令蔬菜，自自然然，安安稳稳，咧嘴笑，开怀吃，就够了。"

仔细一想，林伯说的非常在理。一个乡下人，享有一方土地，上面的作物都是恩泽。最起码吃不愁，可以尽情地吃。吃饱了，百毒不侵，尽管做的是泥腿子，心事却一尘不染。不受太多的功利侵扰，有事没事，在乡间的墙根下，晒着太阳，嗑着瓜子，说说东家长西家短，高兴时，开怀大笑，万事不忧。

每每想起旧时的乡间，总觉得像是一幅铅笔画。在时光的画布上，涂了再画，画了再涂。直到画图中的少年长成大人，走出这方天地，出现在另一幅画图中。尽管这样，也会频频回首，味蕾上鼓噪的全是故乡的一草一木，一鸡一鸭。

我十三岁以前，一直在皖北一个叫"胡马"的村庄生活。这是一个小到不能再小的村子，人不足百，鸡犬相闻，屋舍俨然，恰似桃花源。在这样小到逗点一般大小的村子里能吃什么？秋天收下来的红薯，放在墙头上晾晒，直到晒得蔫蔫的，放在锅里煮。这样晒过的红薯甜得可人，能熬出许多糖稀来。一整个冬天，有一窖这样的红薯，能省下不少馒头。

是的，我用了个"省"字。上个世纪八十年代的乡村，白面馒头尚且是稀罕物。于是，红薯就成了替代品，与之一同成为替代品的还有高粱面、豆面、玉米面等。那时候，随便到谁家掀开锅一看，能没有几个花花绿绿的馒头？如今，杂粮却成了稀缺品，真有些"翻身农奴把歌唱"的意思。

俗世如雨，人的记忆常常会返潮。想起少年时的冬天，雨雪霏霏，雪下得极大，足足没膝深。父亲从集市上买回来两块地锅豆腐，专门用塑料袋装好吊在院子里冻，冻得豆腐里出现了很多小孔。第二天，把冻豆腐放在锅里烧，很入味，也很能吃到难能可贵的豆香味，那是整个冬天最常吃的美食。

古拙的乡村静默在时光的深处，像故乡人一样老实本分，那些"老本打"的吃食，在时光的盛宴上，似钝器，三下两下，就让人的味蕾败下阵来，人的口腹缴械投降，被温柔击败，被幸福征服。

所以说，在冬天，做个乡下人，咧嘴笑，开怀吃，难得，难得。

卤面的香，菜汤的暖

　　人对一段岁月念念不忘，有时候，多半是被那些时光里的吃食所勾起。

　　我是亳州三中毕业，三年的时光，吃遍了门口所有的小吃摊点，火烧饼、豆腐脑、三鲜面、马糊……其中给我印象最深刻的还是卤面。卤面或许是皖北地区特有的吃食，被涡河滋养的人们，每一寸脉搏的跳动里都有着面食的功劳。

　　卤面是众多面食里最具代表的一种。新鲜的面条，先要放在笼屉上去蒸。蒸面的同时，可以动手去制作炒卤面的汤汁。面好不好吃，全看卤子，卤面的卤子可以是肉，也可以是鸡蛋，还有一些芹菜、豆芽、洋葱，炒制七成熟的时候，卤子的香开始四溢。这时候，面也已经蒸至八成熟。把蒸好的面放在卤子里，稍事搅拌，翻炒，约莫五分钟后，再用微火，盖上锅盖，焖上两分钟，面就可以吃了。

这样做出来的卤面，劲道，卤香被充分地融合在面条里，面条的素净被融入了一股难能可贵的浓香，一根根，像是被香气梳理过了。一盘面下肚，嘴唇油乎乎，肚子里终于有了内容。可以说，对于我们这些穷学生来说，卤面不光味美，而且最能饱腹。

若是在冬日，再配上一碗紫菜汤，那美味就更别提了。卤面的香与紫菜的鲜交融，菜汤的暖流遍全身，这个世界都让人觉得春暖花开。卤面浸水解饿，又美味，最适合我们这些学生吃，有时候，附近工地上，也有一些出苦力的工人，也来与我们分享美味，边吃边大呼过瘾。

犹记得三中门前那个卖卤面的汉子，黝黑的脸膛，身材超胖，像极了电视剧里的鲁智深。这个汉子除了做卤面生意，还干了一家养猪场，我们吃卤面的卤子所用的肉，全部来自他自己喂的猪仔。汉子卖卤面是在一间铁皮房里，环境的确不敢恭维，但是，穷学生就不能穷讲究了，只管吃，何况味道还不错。吃卤面的时候，他还会放一些港片给我们看，尤其是到了周末，吃完了一盘卤面，我们都不走，港片一部接着一部，直看到深夜，汉子也不烦。那段时间，我几乎把整部香港电影史都温习了个遍。我想，后来我上大学选择影视编导专业，也与那段岁月有关。

汉子家的卤面，我们吃了三年。直吃到崭新的铁皮房，被雨水沤糟，铁皮都一块块脱落。我们高中毕业那年，汉子换了一座崭新的铁皮房，卖的还是卤面，只是，我们光顾得很少，只在寒暑假回来的时候，再去回味一次。吃毕，来上一碗紫菜汤，呼噜噜地喝着，想着那些在铁皮房里看港片的时光。

倏忽，十年光阴飞逝。前不久，再到三中去，于门前见到了汉子，已经挂上了拐杖，依然在经营着卤面。见到我，宛若老友，他伸出双臂要和我拥抱。双臂松开，拐杖啪嗒倒地，他打了一个趔趄，幸好被我赶紧扶住。惊悸之后，他咧嘴笑说，瞧，光顾着叙旧，把这鳖孙拐杖给忘了……

刨雪冻肉来过年

在故乡，一进腊月，庭院需常扫，只待一场大雪。天青色等大雪，乡下人可不等，他们要麻利地到集市上去，割一块肉，要肋条，回来，分成长方形的条块，撒上盐，码在盘子里，雪纷纷扬扬，飘了整整一夜。积雪一尺余，第二天，在院子寻一块僻静的平地，铲雪成凹槽，把肉放进去，掩埋，冻上一天一夜，然后，取出，放在窗棂前风干即可。

我曾陪着父亲做过冻肉，从始至终见证了冻肉的制作过程。

腊月的集市上，人头攒动，摩肩接踵。父亲是个仔细的人，他会在清晨老早地来到菜市场，选取最鲜美的猪肉，买下一块，然后带着我到商店去买盐。那时候，商店里的工作人员都是吃财政的城里人，对待父亲这样穿戴的乡下人，态度是傲慢的。

买二斤盐，要精盐。父亲嗫嚅道。

只听得啪啪两声，两袋子盐撂到了柜台上。我至今仍记得，由于偎柜台过近，一粒飞出来的盐粒飞到了我的眼里，眼泪立即就流出来了，酸了老半天。

当然了，这些都是制作冻肉的小插曲，只因为过程来得艰辛，才越发显得冻肉的香。

肉下到了雪地里，父亲一夜都不敢睡太沉。生怕有猫或野狗跑到院子里来，偷食了雪地里的肉，这些小东西，就是鼻子尖（故乡人形容人鼻子灵敏，曰"尖"），所以，做冻肉的夜里，院子里是要亮一盏马灯的。马灯烧煤油，夜里，还要换一次煤油，院子里亮堂了，野猫、野狗都以为人还没睡，不敢靠近。

其实，还有个简单的法子，用这个法子，大可安心睡觉，高枕无忧，那就是在放有肉的雪堆旁边放置鼠夹。杀伤力较大的鼠夹，会让大多数小动物不敢靠近，但是，父亲没有这样做。猫鼠犬禽也都属于乡村的一分子，它们虽不是乡村的主角，也不应该轻易就遭猎杀，哪怕是误伤也尽量不要。

无疑，父亲是善良的。父亲说，即便是放上的鼠夹，误伤了一只猫或一条狗，或结束了一个生命，就会在雪地上留下一摊血污，这样势必会影响吃冻肉的心情。是的，看来，在吃喝上，父亲也是格调高雅的。

腊月，两件事物的景象最喜人。一是窗外白茫茫的雪野，二是锅灶里蓬松飘香的白米饭。后者最有发挥余地，因为，上面可以放上些许冻肉片。

冻肉被风干之后，切下来几片，最原始的吃法就是在大米饭上蒸，蒸得冒油。米饭被油脂浸润，又融合了油脂的香，中和了油脂的腻，最能吃出肉的纹理，香味丝丝入扣。吃起来，也有嚼劲，如舌尖上的芭蕾。

一家人围拢在餐桌前，即便没有别的菜，每人一碗白米饭，上面覆着两三片冻肉，吃起来也异常香甜。现在仍觉得，我、妹妹、父母在一起吃冻肉的情景，宛在昨天。白米如雪，冻肉是雪屋上覆着的茅草，这又是多么诗意的意境。旧时的乡村没有童话，如果有，那就应该是白米覆冻肉了。

妹妹后来嫁到江苏，常常要到过春节才回来，轻易不来走动的妹妹回来以后，父亲就要一遍又一遍地问，吃什么，爸给你做。妹妹每次总是微微一笑说：好吃不过冻肉。

熟猪油炒萝卜

　　我非茹素之人，在我童年的印象里，好吃不过熟猪油炒萝卜。

　　猪肉要用"花油"（纯脂肪，非带皮脂肪），这样才能最得猪油的香。灶釜下架着劈柴火，嘶嘶作响，锅热下油块，在锅里炼，炼至油渣发黄，用笊篱把油渣捞出来，稍微冷一冷，把热油舀进瓷缸里，在热油的火烫下，油缸吱啦作响。熟猪油凉下来后，会凝固成乳白色。这样的猪油，用来打底，来烧菜，是绝顶的美味。

　　猪油这种脂肪是暖的，你想想也可以知道，猪在雪天里什么衣服也不用穿，丝毫不觉得冷，全靠的是脂肪保护。因此，在雪天里吃猪油，也有保暖作用。当然不能单纯吃猪油，要以萝卜煨之。

　　先把猪油在热锅里化掉，放入花椒、八角、葱段、姜片，翻炒一下，放进萝卜，且炒且闻香味从锅灶里飘出来，那才真叫一个香呀！小时候，每每听说母亲要做这道菜，我就抢着去烧锅，可以闻其味，也可以在征得母亲的允许下，饭前先吃上两筷子。

熟猪油烧萝卜，在袁枚的《随园食单》中也有记载：

> 用熟猪油炒萝卜，加虾米煨之，以极熟为度，临起加葱花，色如琥珀。

这个极度熟，是有道理的，萝卜这种吃食，别看其质地不坚，但却顽固得很，若要另一种味道与之融合，非煮到全熟不可。袁枚之所以加入虾米，想必是为了提鲜，也是为了避除猪油的荤，临起加葱花，增味道，开胃口，你且大快朵颐去吧。

做这道菜，一定少不了老抽的掺和，不然，在色泽上不太好看，白不叽歪，加入老抽之后，就真如袁枚所言：色如琥珀。美食是综合评分体系，色香味，少了一样都不合适。当然，味道还是第一位，因此，论贡献，猪油当属头功。

猪油可真是个好东西，许多美食家都爱它。譬如汪曾祺先生，就喜欢用猪油来煎蛋，名曰"蛋瘪子"。汪曾祺先生还发明过一种"雪花蛋"——

"以鸡蛋清、温热猪油于小火上，不住地搅拌，猪油与蛋清相入，油蛋交融。嫩如鱼脑，洁白而有亮光。"是不是单单看文字，也可以让你垂涎三尺？

陆文夫先生也爱猪油。他喜欢吃猪油汤面，且不在外面的馆子吃，因为怕那里的猪油不干净，所食猪油一定要是自己的妻子熬煮出来的。如此挑剔，也要吃，可见是真爱。

还有两位大腕，也出奇地因为一份菜有了交集，那就是鲁迅与胡适之。鲁迅的《狂人日记》发表之后，胡适之先生大夸其口，说鲁迅是"白话文学运动的健将"。鲁迅为表感谢，特意在北京的绍兴会馆请了胡适之吃饭，其中点了一道菜：酱爆鸡丁。他特意嘱咐大厨，鸡丁一定要用猪油爆炒，方才好吃。这多少有些"一菜泯恩仇"的意思。

聊远了，如果你有工夫，不妨也做一份熟猪油炒萝卜尝尝吧，能为你薄凉的人生增加一些厚度。

皖北有响菜

"皖北有响菜，生在黄土间，身着翡翠衣，沸水浑不怕，食来有声色，唇齿如踏雪。"

这是描写皖北响菜的一种歌谣。响菜，即是苔干，因吃起来嘎吱作响，又名"响菜"。响菜，可不是一般人对它的称呼，"响菜"一说源于总理周恩来。可见，它的称谓大有来头。

响菜在清朝时，被作为贡菜进献给朝廷，深得宫廷喜爱。我想，响菜在清朝"走红"是有原因的，响菜青碧可人，在土地上生长时，就葱茏旺盛，做成苔干之后，焯水依然葱碧如茶，呈现出一派旺盛的"青"，这与清朝的"清"字谐音，又寓意美好，味道可人，当然深得人心。

生在皖北的少年，每到苔干收获的季节，都在田间遍地跑。苔干一收，孩子们就有口福了，即刻就能在田间吃上最新鲜的苔干。田里刚刚收获的苔干，水分足，汁液最浓，吃起来，醒脑提神，爽口得很。

苔干收获后，立即就要除皮，然后用利刀划开，通常是一划四瓣，挂在绳子上晾晒。皖北的涡阳是苔干之乡，苔干收获的日子，田野里竖起了棍子，拉满了绳子，上面挂晒的都是青碧的苔干，如绿的营队，一字排开，非常讨喜。

深秋时节，苔干在皖北的风里渐渐丢弃水分，变得纯粹，这时候，更易于储藏。拿到干货市场上去兜售，销路宽，走货快。几经辗转，冬天的大幕一经拉开，吃锅仔的多了，就轮到苔干登场了。

苔干烧肉，是一道好菜。肉，可以是五花肉，肉里的油脂可以充分与苔干融合，把苔干的鲜香给催发出来。苔干烧肉端上来，油亮油亮的，这时候的苔干尽管经过了沸油、佐料与烈火的烹灼，依然葱绿。似一个不经世事的小丫头，历过岁月，依然内心守着一份清明和诗意。苔干有两次生命，一次在皖北的黄土地上，一次是在餐盘里。这份情怀，和绿茶极其相似，也和岁月深处抱朴守拙的人相似。

吃苔干，要有一口好牙。小孩子们爱吃，是流连于唇齿之间的游戏。苔干在小孩子的嘴里，嘎吱作响，这是美味的交响曲。苔干寓意着最好的年华，年岁大了，再把一盘苔干端在眼前，唯有感慨年华易逝的份儿。所以，趁着韶光尚好，就莫负了一盘苔干，莫等到苔干有了，牙没了……

闲 食 贴

　　人在闲下来的时候，吃一些什么，能体现出这个人年龄和阅历。

　　早些年在乡间，一旦入冬，村庄深处就响起了"咚咚"的炮响，其实不是炮，而是爆米花出锅的声音。

　　那时候，走村串巷的多是炸爆米花的手艺人（我一直认为，炸爆米花是一个手艺活），他们在村子的一片开阔处摆出摊子，生起炭火，先从自己的尼龙袋里舀出来半瓢玉米，放上几粒糖精，放在铅锅里，然后用蜡油眯上锅口，密封严实。在爆米花者的摇动下，铅锅在炭火上滚动自己偌大的肚腩。不多时，玉米在锅里不再哗啦作响，这时候，炸爆米花的人拎起铅锅，放在事先准备好的粗布袋口，用铁筒套住铅锅的开口把手，只一掰，砰的一声，一大团爆米花就在粗布袋里龇牙咧嘴地笑开了。

我小时候特别能吃干燥的食品，也爱吃，干脆把它当成零食吃。你想想，一把玉米，几粒糖精，又是铅锅，从健康的角度，压根就不能食用，那时候却吃得津津有味。如今，炸爆米花多半已经不用铅锅了，尤其是在高档的影院里，糖精也不用了，转而使用糖和奶油。炸出来的爆米花松蓬酥脆，这样的吃食，味道与食材都差不多，却增添了几许贵族的味道。或许是吃的地点和心境不同了吧。

也想起早年间的春节，为了招待亲友，各家各户都要买上半斤茶叶。并非是什么名贵的茶种，多半是最廉价的茉莉花茶。现在想想，那时候的茉莉花茶多香呀，现在上等的太平猴魁和龙井也不及。那时候，也不知道还有这么多茶，提及茶，就认为只有茉莉花茶一种，这样素淡的花，与这样清香的茶，简直是一对神仙眷侣。年关将至，放了假的一帮玩伴没有事干，掏出一副扑克打起来，手边放的就是刚刚泡的茉莉花茶，幽幽地散发着钻人鼻孔的香。扑克轮回一遭，咕咚咕咚，不知道喝了几大杯。如今，有太多的茶种可供我们选择，但或许是我们的味蕾审美疲软了，总觉得今茶不似旧时香。

一同归于沉寂的，还有合碗肉下面的大头菜。印象中，母亲每次做肉，总要切上半块大头菜放在下面，一可以调味，二可以解腻开胃，吃起来，味道也特别爽口。后来，母亲还把大头菜和青椒在一起炒过再用，味道也不错。

如今，走遍了老街的所有酱菜园子，大头菜却已难觅踪迹。问老板，回答说，那玩意儿，齁咸，现代人都注重养生了，谁还吃它弄鳖孙呀！老板爆了一句粗口，足见大头菜令人嫌了。大头菜退出江湖以后，被金针菇等取而代之，我却不觉得哪里好吃。金针菇这个名字我就不喜欢，太脂粉味，太阔气了，与当年的光景不称。或许正因为这个理儿，大头菜才淡出人们的视野了吧。

人一闲下来，就想着捣鼓吃食，饕餮之后，最想吃的，有时候是母亲的一碗面鱼汤，有时候是一份素豆角，有时候是一碟子凉拌菜。这些美食，都意韵悠悠地在记忆深处发着香，穿越时光，撩着我们的胃口。

想 起 麦 冬

父亲陪一席人去钓鱼台古迹的白果树下散步，发现一丛近乎麦子，又像是韭菜的植物，比麦子的叶子更纤细，比韭菜又少了些水润。别人不知道是何物，做中医的父亲淡然一笑说：麦冬。

父亲把白果树下的麦冬移栽在家里。深秋，有客人至，望见院子里一丛绿油油的植物，惊呼："你家这簇韭菜长得真旺，这个季节还青翠着。"父亲再次解释说，是麦冬。

一丛丛麦冬，给了父亲不少骄傲感。

麦冬，单从字面意思上看，是"能够过冬的很像麦子的植物"。

麦冬很像是植物中的文人，疏疏朗朗，比兰花小一号，很儒雅，难怪它还有个很好听的名字叫"书带草"。

即便是在戏曲里，麦冬也像是许仙一样的白面小生，柔弱中带着善意，善意中又透着坚强。

麦冬入药，一年两生，7月和11月左右各生一次根。根如花生，比花生要纤细一些；甜，后味有些苦，能够滋阴生津，润肺止咳，治咽喉肿痛。

小时候，我易上火，父亲常常从他的药橱里取来一把，拿给我，当"糖果"吃。这份待遇，只有医生家的孩子才有。

麦冬的花很好看，淡淡的紫，不似桔梗花的浓艳，透着清淡的气息在其间。花开的季节，闻香可以除烦忧，最知心，最通人性，最解风情。

天气入冬，风口里像噙着一枚枚绣花针。这时候，偏又空气干燥。每到这个季节，故乡人都喜欢到药材市场买回来一些麦冬，再去菜市场买一些红枣、冰糖，回到家里来煮粥。麦冬粥是个好东西，吃起来，能润肺生津，还有助于美容养颜。在故乡，有女孩子厌食，母亲多会煮麦冬粥给她们吃。若孩子不依，母亲多会类举远近十里最邋遢的女人告诫孩子，看，若是不吃麦冬粥，以后就要变成她那副样子。女孩子听了，哗啦哗啦，三口两口就把一碗粥给吃完了。

当然了，麦冬粥哪里用得着这么个劝吃法？粥还没有煮好，香味就飘满屋子了。麦冬的药香、红枣的甘甜、冰糖的甜润，直逼你的鼻孔，瞬间打开你的味蕾，挡都挡不住。印象中，母亲煮麦冬粥时，父亲让她加一些小米进去。父亲说，小米与麦冬结合，最易催发出粥内的维生素，这是养颜的王道。

麦冬的吃法何止这一种，泡茶也是不错的选择。祖母在世的时候，爱抽烟，做中医的父亲劝她不下，就泡麦冬菊花茶来给她喝。喝过以后，祖母喜欢把泡茶后的麦冬吃掉，如啖枸杞。父亲说，麦冬可以滋补肺脏的津液，特别能抗秋冬之燥，还能治咳嗽，消解人心头的抑郁和烦躁。常吃麦冬的祖母后来感悟到，喝了麦冬茶之后，自己的火气消了，心情也开朗了不少，举步出门，众人皆说她笑呵呵的，脸上也有了红光。

在故乡的餐桌上，麦冬真是无处不在。前不久，一帮人去吃火锅，菜单上，赫然写着"麦冬清汤火锅"，我想都没想，旋即点下了这个。脑海里想起做医生的父亲念叨麦冬的千般好，想起故乡人对麦冬赞誉的万般妙，再想起父亲在院子里移栽的麦冬，想起密密麻麻的药橱上星星点点的中药名字，突然发觉，在中草药的天空里，麦冬是父亲最爱的也是最亮的一颗星。

小巷小吃小馆子

北风劲吹，落了场雪，曳紧围巾，踅进一家小巷子避风。巷子真小，小到只能容两辆自行车并排通过，巷子深处，飘着香，是江米蒸糕的味道。这种童年记忆里五毛钱一份的吃食，如今，已然涨到了五块。

店内，有各色糕点，还有很糯的粥，奶茶之类的饮品。小店的灯光恰到好处，三五人，影影绰绰，在角落里，喝着茶，吃着瓜子，聊着天。在这样的天气里，这样一条小巷子，一家小馆子，几份经典小吃，于我，简直是乐园。

我是揣着一本书走进这家小店的，打开来，叫上一碗粥，且吃且读，不知不觉，已经黄昏。这时候，店主会做上一锅地道的羊杂汤，供客人们享用。吃得人心都暖融融的，世界一片春暖花开。

食物暖胃更暖心。鲁迅觉得萧红萧军夫妇生活窘迫，曾于 1934 年 12 月 9 日，邀请两人到梁园吃饭，他在日记中写道："……晚在梁园邀客饭……到者萧军夫妇、耳耶（聂绀弩）夫妇、阿紫、仲方及广平、海婴。"这样一家店，几道美食，就这样聚拢了当时最先锋的文人。后来，鲁迅还多次邀请萧红到自家去吃饭，让许广平亲自下厨炒菜，也煮一些荸荠，以解萧红身体和精神之困。

翻看一份 2003 年的《深圳晚报》，记录着林忆莲在一家小店被记者撞见的情形：身边坐着一个男人，两人相谈甚欢，那人正是李宗盛。两人在一起的时候，常去小店吃饭，接地气嘛。爱哪是山盟海誓与生猛海鲜？爱在日常，是有滋有味的生活，不求奢华，一家小馆子，两三个可口小菜，照样吃出浓情蜜意。

小巷可以疏通心灵的纹路，小吃可以解忧。看到一篇对著名出版人、作家梅汝恺的访谈，提及陆文夫，说，陆文夫先生最难挨的那段岁月，梅汝恺常常陪他去一个小馆子去喝酒，"就着些南京盐水鸭、臭豆腐，终日借酒浇愁，那几个月，我们是天南海北，家中琐事，文学啊、理想啊什么都聊，老陆的酒量，就是从那时候开始培养的。"美食的确可以改善心情，心情愉悦，自然产生不竭的创造力。我想，陆文夫之所以成为著名的美食家，与这些小馆子也不无关系。

是的，小巷子注定会产生诸多传奇，托了美食的福。雪天冰封了城市的街道，却冰封不了人的心情。不甘寂寞的人，总要走出去，循着香，走进一条七拐八抹的小巷子，来点小吃，喝点小酒。这样的小生活，这样的小滋味，我们到哪去寻去？

小雪纷扬花雕酒

小雪节气，天将小雪。这雪，来得真及时，没有亏待这样一个时令。让人不禁击鼓叫绝，先人们的智慧真是了得，数千年，还在应验着人们的生活。

小雪纷纷时，苏标邀约，说，家兄从苏州捎来花雕酒，聚一聚吧。

连声说"好"，好兄弟，故人具鸡黍，即便不能至田家，寻一处僻静小馆也好。城市里，朝九晚五的生活太潦草，"饭局"在一定程度上是个好东西，能帮我们加深一些情感。所以，如有可能，还是要不失时机地制造一些"在一起"的借口。

街道上，行人丝毫不见稀少，湿漉漉的街道，水洗一般，让这个干燥的皖北冬天平添了一些江南的意味。

在一家小馆坐下来，老醋花生米、蘸酱小葱豆腐皮、白羊肉、干锅鸭头，都是佐酒好菜。花雕酒酒温刚刚好，放了枸杞、姜丝在里面，一众文友且吃且谈，整个房间暖意融融。

记得有一年冬天去苏州，在一处古建筑里听评弹，唱的是《三笑》，耳畔萦绕的是弹词之美，指尖捻动的是花生米。同样是落了雪，同样喝的是花雕，在粉墙黛瓦的映衬下，小窗上的雪影，穿红衣的艺人，黄灿灿的花雕酒，做着雅致的美学，远远没有鲁镇酒馆里落魄文人"排出十文大钱"的窘迫感。

想起陈洪绶，少饮辄醉，实为自我陶醉。从小雪起，一碗花雕不离手，一直喝到初春，见有竹笋穿篱而过，长了出来，窗外，依稀有了雷声，他手握画笔，狂扫长卷，瞬息而就，定成惊世之作。这是花雕的力量，也是小雪时分的那碗花雕酒，终于洋洋洒洒，飘过冬天，来到春天，飘进了他的长卷里。都是花雕的劲儿呀！

我本俗人，吃酒也不为风雅，实为叙旧解闷。有酒少菜亦无妨，窗外有雪，那是最好的视觉菜肴，杯中有酒，可以骋怀游心。小雪邀友且纵酒，围炉夜话叙短长。酒一开始喝，品的是味；酒过三巡，喝的是欲；再喝，就是心情了。

　　花雕酒已经喝干，摇上一摇，还有几滴，一饮而尽。雪依旧，乘兴而来，尽兴而归。细雪在怀，一股清爽的凉意扑面而来，路灯清朗地照彻着，街面上，人不多了，怀揣着花雕酒的暖意，回家去……

羊 杂 汤

骂一个人"杂碎"，那就是骂到了根上，太恶毒。

说一道菜"杂碎"，那是由衷的褒奖，要竖起大拇指说。

羊杂汤，这样一份和冬日极相称的吃食，在故乡亳州的大街小巷飘着香，撩着一城人的胃口。

是的，可以毫不夸张地说。一城人，一碗汤，一种乡愁。

羊杂汤是由羊肝、羊肺、羊舌头、羊肚、羊奶渣等制成，和"羊三宝"差不多。单吃羊肉又有什么意思，不得羊的要领。美味的要领，在它的五脏六腑里，那里寄存着浓郁的人间烟火。

上汤熬煮，扑棱扑棱的羊杂躺在汤里，如沐如诉。青碧的芫荽花撒在碗里，再泼上红花花的油泼辣子。一碗下肚，浑身都是汗津津的，三九天的寒气，也侵入不了人的身体里去。

饕客们都知道，羊杂汤是地道的美味。他们都秉承着这样的原则，有羊头不吃羊肉，有羊蹄不吃羊头，有羊杂，一碗汤就乐逍遥了。

羊食春草，羊肉里，有着无边的春色。食羊，则内心春意融融，能驻颜，能养身，能慰心。

吃羊杂汤，要就着饼子来吃。饼子是死面（没经过发酵的面）做成，吃起来特别劲道，再配上油泼辣子，很能开胃，也能避掉羊肉的膻味，吃得舒坦，吃得爽口，吃得通透。

早些年，许多人不知道羊杂是好东西，也懒得有人打理，宰羊的时候，纷纷扔掉，后来知道后，痛惜不已，扼腕长叹，错失了多少美味。

对于一个男人来说，有时候错失美味，比错失美人还要念念不忘。尤其是在战乱纷争的年月里，人只顾着生存，填饱肚子要紧，还哪里有兴致去谈情说爱。

宋朝时，人爱食羊，《水浒传》里有载：林冲到柴进庄子上去，柴大官人忙呼"杀羊相待"，这份礼遇可不低呀！这个还不算，宋人视羊杂为尤物，食羊杂成风。宋高宗到大将张俊府作客，张俊请天子吃"羊舌签"，由此可见，羊舌头待客，应该是最高待遇了。做这样的"羊舌签"，也就是羊舌羹，他一个大将军哪里会，还要请临安最出名的厨娘，这厨娘，出门是要用轿子抬的，由轿接厨娘，也可见食羊心切。

真可谓："一碗羊杂待圣上，圣上忙呼过瘾汤，汤旁厨娘掐腰站，忙煞将军弓腰杠。"

羊杂汤的美，在于所有的羊杂一股脑儿爬上你的味蕾，那你哪里能招架得住？只有缴械投降，忙呼"美哉美哉"……

一 人 一 栗

糖炒栗子有多香甜，只有历过苦的人才知道。

那时候，我还在合肥。一个凄冷的冬日，我从十五里河坐车到合肥师范学院去看女友，北风吹得能把人身体里的水分沥干。候车时，遇见一个炒栗子的老者，须发皆白，叫着"糖炒栗子、糖炒栗子"。老者好似烧火僧，他的栗子好似一簇簇小火苗，我毫不犹豫，买了6块钱的。付款后，恰巧148路公交车进站，我麻利地跑上去，偏巧有个满是阳光的座位，加之我抱着一小袋板栗，身上暖融融的。

那袋子栗子真好吃，皮薄，实香，我边给女友剥栗子，边叙述卖栗老者的样貌。女友骂我是贱命，吃个栗子，还弄得这样稀奇古怪！我就差用"仙风道骨"来形容他了。

说白了，还是因为稀罕那袋糖炒栗子。

忘了说，那是我人生中第一次吃板栗。

稍后，我还有多次吃板栗的经历，所食的板栗牌子都比"北风老者"的要响亮，板栗的"尊荣"也好看得很，但，都不如那次的好吃。后来，我多次想到这件事，想来或许是因为凄苦的日子里偶遇一粒有含有糖分和热量的食物吧。

汪曾祺先生曾经在《栗子》里写下这样的句子：冬天，生一个铜火盆，丢几个栗子在通红的炭火里，一会儿，砰的一声，蹦出一个裂了壳的熟栗子，抓起来，在手里来回倒，连连吹气使冷，剥壳入口，香甜无比，是雪天的乐事。

这样的文字，不关乎文笔的事，在趣上。不管是什么人，有没有乡村生活经历，见到这样一段文，都会觉得妙趣横生，看得人手心里都是滚烫的。

当然了，汪曾祺先生所言，与"糖炒"不相干了。栗子的吃法何止一种？板栗烧仔鸡，也是不错的，生板栗去壳，与仔鸡在一起烧，在霜雪满天的冬日，是集暖之肴，也是上好的补品。仔鸡要产自乡野，撒欢散养的那种，板栗是果实中的尤物，一切和果实相关的食物都是滋补的，也裨益大脑。

当年与我一起吃糖炒栗子的女友成为妻子之后，我把当年食板栗一事说给岳母听，当天，岳母给我做了一道菜，正是板栗烧仔鸡，那是真得味！

栗子南北都有，北京的房山良乡板栗很有名，曾多次作为贡品送到长安，乃至慈禧身边，以其皮薄，籽粒大，香甜可口而闻名。良乡产良栗，百姓争而食之，乐此不疲。皖北不产栗子，气候不行，也不临山区，然这里的人爱吃栗子，气温冷，栗子是高热量食品，食之能御寒，且能慰劳口腹。因此，在严寒的亳州街头，本土的，外来的，推车的，街边摊，板栗店很多，

亳州人唤板栗为"毛栗子"，乍一听，像是在叫谁家"毛头小子"。聊天时，最适宜吃板栗，边聊边剥，板栗壳硬，籽粒大，不用看，就能分辨彼此，一把板栗一杯茶，可以话桑麻，也可以拉拉家常。

一人一栗，每一个吃得起栗子的人，都应该有一段被栗子掺和的过往。时光匆匆，就是不知道，多年以后，某人想起某事，会不会想起和此事相关的一个栗子。

油炸冰溜子

　　油炸冰溜子是一道东北菜，在皖北亦有。在早些年的乡间，平房尚少，瓦屋居多，每临三九天，一场大雪之后，太阳一出来，稍稍融化，房檐的屋瓦下，都会结出一根根冰溜子，尖尖的，像一根根长长的胡萝卜。

　　冰溜子是房檐上的积雪融化后，滴水再冻形成，乡间的房檐，一年难得几场雪，冰溜子就更是稀罕物。又因为冰溜子的样子十分好看，在朝阳与夕阳的照耀下，闪着晶莹的光泽，那是生命短暂的水晶。

　　物以稀为贵。冬天的乡下人最闲，一闲下来，就要琢磨吃食。于是，有人想到把房檐上的冰溜子够下来，拌面，加上鸡蛋，然后把冰溜子放进面糊里，等它穿上了一层薄薄的"面衣"，放在沸油里去炸，瞬间捞出来，这时候的冰溜子尚没有融化，外面那层面糊又焦香可口，吃起来，异常可口，也非常提神。

冬日的乡间，人多昏昏欲睡，再加上连绵的雨雪，若是吃上这样一道油炸冰溜子，那可真算是俏皮极了。吃后，人会一激灵，把绵软的身体叫醒，走出去，打雪仗，堆雪人，享受窗外一场繁盛的雪事。

早些年，很少有人爱吃油炸冰溜子，在乡下老年人的眼里，吃这种菜的人，多数不安分，也就是不会正经过日子。你想呀，谁会没事捣鼓这种稀奇改样的东西来吃？其实，说白了，这也是老年人思想守旧的表现。村子里，就有一个东北媳妇儿，是一位朱姓人家到东北做药材生意时，恋了爱带回来的。她就格外爱吃爱做油炸冰溜子，日子也一样过得舒坦，家务也打理得井井有条。吃食和性格，并不像许多老辈人想得那样关联紧密，部分年岁大的人，出发点是好的，但思想多少有些偏执了。

在故乡，油炸冰溜子还被形容成气节刚强的人。这道菜，外表并不十分坚固，稍稍一放，甚至稍显软弱，内心却坚韧无比，似一把刀子，捅向岁月的不堪。村子里曾有一位林奶奶，是个思想开明的人。她是城市大户人家出身，跟随林爷爷一生奔波。后来，林爷爷被日本兵给枪毙了，那时候，林奶奶还是林小姐，却终身没有再嫁，而是选择回到林爷爷的出生地，也就是我们村子。林奶奶后来在村子里的小学做了教师，伶仃一生，膝下也没有一儿半女。弥留之际，邻人们问她还有什么遗愿，她挣扎着坐起来说，就想尝一口油炸冰溜子，邻居们去给她做了。由于年至耄耋，林奶奶的牙都掉光了，可是，她却能把油炸冰溜子咬得嘎嘣一声脆响，然后，狠劲儿地嚼了几下，便咽了气。众人皆说，林奶奶是个有骨气的女人，像这房檐上的冰溜子。

　　说这话，已经倏忽二十几年了，如今，在皖北乡间，再也难觅冰溜子的影子，近些年的冬天，似乎也没有那时候冷了，再吃冰溜子，恐怕真要到东北去了。

原　油　肉

　　原油肉这个名字听起来荤意十足，吃起来，却丝毫不觉得油腻。

　　原油肉一般是过年时才有的汉族吃食，辛苦了一年的人们会用美食的方式犒赏自己，原油肉就是具有代表性的一种。旧时，一进腊月，村庄里的猪就不对外卖了，养足了膘，待到小年以后，宰上一头，亲戚们一一分享，肥瘦适中的，就用来做原油肉。所以，旧历年将近时，村子里的炊烟一飘，各家各户萦绕的就有原油肉的味道了。

　　原油肉的做法很细腻。用肥瘦相间的带皮猪肉切成巴掌大的四方块，用白水煮上几滚，待到肉七分熟，捞出来，切成长条片状，拌上盐巴和甜酱，肉皮朝着粗砂小碗里，码在碗内。上面放上事先调拌好的大头菜、姜片、黄花菜等，上屉蒸。约莫一个时辰后，原油肉的香味就如水汩汩流淌出来，焖一会儿，就可以出锅了。出锅后的原油肉还不能立即享用，在碗上倒扣一只碟子，迅速翻转过来。这样，猪油的脂香充分浸润到蔬菜内，猪肉不腻，蔬食莹润洁亮。

蒸好倒扣过来的原油肉，肉质鲜亮，蔬菜的鲜透过油脂散发出来，裹挟着肉的香，这是水乳交融的味道。肉若臂弯，蔬菜好似孩童，在肉的揽照下，温婉可人。

皖北人一般这样吃原油肉。刚刚蒸好的馒头，从中间掰开，放上一块在馒头中间，夹起来吃，有一种大口吃肉的快感。当然，也可以佐以白米饭吃，肥肉味足，瘦肉香浓，垫在下面的蔬菜开胃，吃这样的菜，才真正配得上"大快朵颐"这个词。

按理说，原油肉老年人不应多食，皖北的许多老者偏好这口，有的能吃上一碗，仍意犹未尽。从健康的角度，老年人忌大荤大肉，但这些爱吃原油肉的老人也大都身体健朗，估摸着，这多亏了碗底那些蔬菜的解腻之功。

皖北亳州一带的汉族人家，红白喜宴的正席，都少不了原油肉。原油肉一般是在最后一道汤羹之前的菜肴。在当地人的印象里，汤不算菜，原油肉就是压轴出场了，足见其在人的心目中分量之重。

犹记得上大学时候，有一年寒假刚过，我从家里带了事先冷冻的原油肉，到学校寝室，放在电饭锅里蒸，满过道都飘着香，室友乃至临近寝室的校友带着餐具前来分食，一盘原油肉瞬间被瓜分。吃过以后，方问我，这是什么菜。我答：原油肉。不几日，在学院的校报上，有能文的室友写了篇文章，标题赫然写着："元鱼肉"。我纠正他，是"原油"，而非"元鱼"！室友执拗，说，还是"元鱼"诗意一些，素淡一些，我不作辩解，心想，管他呢，只要大家觉得好吃，下一年，我多带几份就是。

多年后，许多大学同学联系我，仍念念不忘原油肉的香。

在大寒里打盹

　　小寒大寒，冷冰成团。天气愈冷，人越想往暖和的地方走。

　　走向火锅店，叫上一份香辣虾，红油在锅里营造着喜气，火舌在舔舐锅底的最后一丝冷意，牛羊肉叫上几盘，且吃且聊，直吃得额头微微有汗。出门，找一家书店，花一个下午的工夫，仔细看一本书，书翻得差不多了，人也哈欠连天。这时候，在皖北，要找到一家浴池，泡个热水澡，吃几块水萝卜芽儿，沏上一壶茶，美美地睡上一觉，那才叫一个"舒坦"。

　　户外，风雪迷漫，积雪半尺，满眼皆白。有送煤老者，拖着板车，喘着热气吃力向前，大头鞋与板车轮子在雪上嘎吱嘎吱，似乎想叫醒沉睡太久的大地，赐点春天吧。我有时就想，冬天里，最悲催的职业就是送煤球的，拉着一团睡着的火，却要遭遇这样精神的寒冷。

我的邻居，就是送煤工，他在送完了一天的煤球之后，最惬意的时刻就是走进浴室，先把自己泡在热水里，关在蒸汽房里，待上一会儿，再给自己泡上一壶茉莉花茶，美美地喝着，似乎要把白天遭遇的寒气全给逼出来。江湖，江湖，江湖就在民间。送煤工也是高人，他们懂得生活的智慧，也把一天的疲惫，都交付一池热水，一壶热茶，一通甜蜜的酣眠。辛苦远了，幸福近了。

我在夏天喜欢临瘦金体，因为浓墨重彩的夏天需要一些清新的笔触，而瘦金体恰是最好的消解方式；在冬天，我则喜欢临颜体，厚重的笔触，像一个人肥硕的胳膊和腿脚，且伸开，让满世界的寒冷退避三舍。写字，也可以把人写得大汗淋漓，关键是要有力道。诗人陈安源近期在微信里发了一组自己的墨宝，说，这样十几个字写下来，拿捏得我一身是汗。书法，也是一种极佳的健身方式。

我问过一个书法家，写完字最想做什么。他说，打鼾呀。我十分不解，问他，是因为写字写累了？他解释说，笔墨都是古人的东西，写完字，睡上一觉，不光是为了恢复体力，还是为了与古人通神，意思是在梦里把自己的书法作品让古人看一看，哪里不妥，哪里绝妙，以便精进一层技艺。

这个说法还真有意思。

在老街深处，有一些卖茶叶蛋的摊点，茶叶蛋好似一粒火球，能聚拢不少热量。这些卖茶叶蛋的老者，口中念念有词：大寒大寒，防风御寒，早喝人参黄芪酒，晚服杞菊地黄丸，还嫌不够，吃我一粒茶叶蛋。他们用了个"粒"字，看来，还是把茶叶蛋当成是火种了。

不管是吃喝，阅读，还是临帖，都是为了找个暖和的去处。奇怪的是，人身体稍暖，就会有睡意，在书店也好，在书房也罢，打个盹，提振一下精神，总是好的。对付大寒，打盹而眠，这不知道算不算是一种民间智慧。

中国最早吃冰淇淋的人

　　《四库全书》里收录了解缙所撰的《宴文华殿时雪方霁宫树皆如玉石刻镂上命取玛瑙盘和以蔗浆且啖且赋》。读来颇值得玩味："万年枝上雪花寒，摘下传呼玛瑙盘。薇露洒时珠的沥，蔗浆凝处玉阑干。鹓班左右题诗急，鹤驾从容带笑看。闻道征西人最若，飞书昨夜到金銮。"解缙也真敢想，从树上取下来冰溜子，蘸着蔗糖浆，待到糖浆凝结在冰溜子上，如美玉一般。这种吃法堪称新奇大胆，味道也极美。解缙，应该是中国制作冰淇淋的第一人。

　　解缙是明朝出了名的神童，洪武二十一年进士，官至内阁首辅，还有心捣鼓这类吃食，真是颇具闲情雅致。翻开解缙的生平，他是一个仕途不顺的人，因为恃才傲物，在官场上得罪了不少人，最终被人诬陷以"无

人臣礼"而入狱，后被埋在大雪深处活活冻死，年仅 46
岁。埋雪而死，这种死也死得旷达，有人说，解缙死的
时候也是笑着的，他终于可以无拘无束地去吃冰溜子蘸
蔗糖浆了。

　　解缙颇爱吃冰溜子蘸蔗糖浆，可是，他却不懂得饮
冰自省，一味目空一切，导致自己不得善终。所以，解
缙是生错了朝代，若在唐朝，兴许能大展宏图。

后　记

　　有句话叫"一辈子学吃，三辈子学穿"。

　　看来，吃，是大有来头的。囫囵吞枣是吃，细嚼慢咽也是吃；饕餮是吃，品咂也是吃。吃的方式不同，感觉就不同，品相也不同，境界上更有差异，而这一切，对于故乡的美食来说，都是不需要的。

　　故乡的美食，在更多情况下，是一种寄托，一种回味，一种特别的乡愁。

　　美食，是怀乡时的重要文化元素。美食所凝结的，不单单是食材，还有风土民情、地域文化以及人情冷暖。

　　这本书，我把自己所能了解到的皖北淮河流域的美食一一邀请到。亲自尝，慢慢写，独自体悟。当然，如果您所品尝与我有同样感觉，我将无比欣慰，证明我没有负了这些美食。

文字有灵，美食也有灵。

唯愿你能从我的文字和这些美食里找寻属于你自己的故乡味道。合上这本书，谨祝您有一个好胃口，谁都知道，这比什么都重要。

2015 年 12 月 20 日

图书在版编目(CIP)数据

胃知的乡愁/李丹崖著 . —合肥:合肥工业大学出版社,2016.2
ISBN 978 - 7 - 5650 - 2685 - 0

Ⅰ.①胃⋯　　Ⅱ.①李⋯　　Ⅲ.①散文集—中国—当代
Ⅳ.①I267

中国版本图书馆 CIP 数据核字(2016)第 039158 号

胃知的乡愁

李丹崖　著　　　　　　　　　责任编辑　　疏利民

出版	合肥工业大学出版社	版次	2016 年 3 月第 1 版
地址	合肥市屯溪路 193 号	印次	2016 年 3 月第 1 次印刷
邮编	230009	开本	889 毫米×1194 毫米　1/32
电话	总 编 室:0551 - 62903038	印张	8.75
	市场营销部:0551 - 62903198	字数	136 千字
网址	www.hfutpress.com.cn	印刷	安徽联众印刷有限公司
E-mail	hfutpress@163.com	发行	全国新华书店

ISBN 978 - 7 - 5650 - 2685 - 0　　　　　　定价：32.00 元

如果有影响阅读的印装质量问题,请与出版社市场营销部联系调换。